Maya Sturm

~~

Zwischenstopp
ins
Glück

D1718511

MAYA STURM

~~

ZWISCHEN-STOPP INS GLÜCK

Impressum

1. Auflage
Mai 2018

Zwischenstopp ins Glück
Maya Sturm
Copyright: @ Maya Sturm, 2018, Berlin, Deutschland

Cover: Maya Sturm
Coverfoto: Shutterstock, Bildnr: 558613789
Lektorat: Satz & Silbe

Maya Sturm
PF 84 04 19
12534 Berlin

Mail: maya.sturm2014@gmail.com
Web: https://www.maya-sturm.de
Facebook: https://www.facebook.com/autorinmayasturm

ISBN: 978-3-96111-510-5

Vertrieb: Nova MD GmbH, Vachendorf, Deutschland
Druck: BookPress EU, Olsztyn, Polen

~~

Leben ist das, was passiert,

während du eifrig dabei bist,

andere Pläne zu machen.

~~

(John Lennon)

1

~*~

Ein Jahr.

Zwölf Monate war Marleen unterwegs gewesen und nun endlich wieder auf dem Weg nach Hause. Endlich? Ihr alter VW würde da sicherlich sofort begeistert zustimmen und hatte sich eine längere Pause redlich verdient. Ohne auch nur einmal zu mucken, hatte er sie durch halb Europa begleitet. Marleen hingegen war weit weniger begeistert. Wehmut packte sie, als sie an all die wunderschönen Momente und phantastischen Menschen dachte, die sie im letzten Jahr kennenlernen durfte. Selten hatte sie sich so wohl und stets aufgehoben gefühlt. Natürlich freute sie sich auf ihre Wohnung, auf Freunde, besonders auf Caro, die sie schrecklich vermisst hatte. Doch eigentlich waren Berlin und ihr Kiez ja der Grund für den Weggang und die Auszeit, die sie sich genommen hatte. Wie würde es sein, wieder da zu leben? Jeden Tag damit konfrontiert zu werden? Würde sie Jan öfters über den Weg laufen? War er überhaupt noch da?

Ihren alten Job hatte sie vor der Abreise gekündigt, sie wäre ohnehin nicht zurückgekehrt. Hier hatte sie Jan kennen und lieben gelernt, er war ihr direkter Vorgesetzter, später ihr Freund und letztlich jemand, der sie maßlos enttäuscht hatte. Doch darüber wollte sie gerade jetzt nicht nachdenken, vermutlich würde sie sonst umkehren. Natürlich mochte sie die Arbeit in seinem Hotel, denn es war überschaubarer und viel privater als in diesen riesigen, unpersönlichen Bauten. Sie hatte einen guten Draht zu Menschen, war offen und keineswegs auf den Mund gefallen, was Gäste und Kollegen an ihr schätzten.

An Berufserfahrung mangelte es ihr also nicht, sodass es eigentlich kein Problem sein dürfte, etwas anderes in dieser Richtung zu finden. Doch wollte sie das überhaupt? Suchte sie nicht viel mehr eine neue Herausforderung? Sie würde abwarten, was ihr

Bauchgefühl riet und dann entscheiden. Noch reichten ihre Ersparnisse aus dem Erbe ihrer Großmutter, sie würde nichts überstürzen müssen. Marleen drehte die Musik leiser, als bereits das zweite ihr entgegenkommende Auto Lichthupe gab und sie anscheinend auf etwas aufmerksam machen wollte. Sie schrak regelrecht zusammen, als sie in den Rückspiegel sah und eine riesige Rauchwolke hinter sich bemerkte.

»Nein, was ist das denn?«, fluchte Marleen, setzte den Warnblinker und fuhr an den Rand. Zum Glück war die Straße wenig befahren und schnurgerade, sodass sie unmöglich einen Stau verursachen oder irgendwen behindern könnte. Sie stieg aus und ging um ihren VW herum, um sich das Dilemma anzusehen. Nicht, dass Marleen großartig Ahnung von Autos hätte, aber auch sie konnte erkennen, dass der Auspuff den Geist aufgegeben hatte. Er hing mehr oder weniger herunter, kleine Rauchwölkchen stiegen auf und es stank fürchterlich.

»Na super.«

Marleen ging zur Beifahrerseite, um ihr Handy aus der Tasche zu holen und einen Notdienst anzurufen. Zum Glück war es helllichter Tag und sie musste sich keine Sorgen machen überfallen zu werden. Wie auch in dieser zwar sehr schönen, aber anscheinend wenig bewohnten Gegend. Marleen sah sich suchend um. Wo genau war sie überhaupt? Hügel mit Feldern und Wiesen, dazwischen größere und kleinere Waldstücke. Es fehlten nur ein paar Rehe, dann wäre die Idylle perfekt. Weiter hinten konnte sie einen Ort erkennen, deren Kirchturm in der Sonne rot leuchtete. Dahinter sah sie etwas höher gelegen eine Burg, bunte Fahnen wehten im Wind und alles wirkte plötzlich surreal, wie in einem Märchen. Verwundert über sich und ihre Gedanken schüttelte Marleen den Kopf und musste lachen. Das Telefonat hatte sie dabei völlig vergessen. Sie schrak zusammen, als ein Mann hinter sie trat und sie ansprach.

»Hatten Sie einen Unfall? Geht es Ihnen gut oder ist nur etwas mit dem Wagen?«

Marleen drehte sich abrupt um und trat reflexartig einen Schritt zurück. Der Mann war vielleicht um die fünfzig Jahre alt, trug einen Arbeitsoverall und sah sie freundlich an. »Tut mir leid, wenn ich Sie erschreckt haben sollte. Ich dachte, Sie hätten mich kommen gehört.«

Er deutete auf den Wagen, der nun hinter Marleens VW stand.

»Ähm, nein, hab ich irgendwie nicht. Aber es ist nett, dass Sie anhalten. Wo bin ich hier genau?«

Die Frage war natürlich total blöd und er würde sie jetzt sicher für leicht beschränkt halten. Wer wusste denn in Zeiten von Navi und Handy nicht, wo er gerade unterwegs war. Jedoch hatte Marleen sich am Morgen die Strecke nur einmal kurz angesehen und war dann auf gut Glück losgefahren. Der Stau auf der Autobahn zwang sie zum Abfahren, doch sie dachte eigentlich der Beschilderung gefolgt zu sein und hoffte auf ihren halbwegs passablen Orientierungssinn. Schließlich war sie mit diesem durch so manch abgelegenen Landstrich Europas gereist, der teilweise auf keiner Karte zu finden war. Eigentlich.

»In der Nähe von Burg Steinthal«, antwortete er und zeigte in deren Richtung, »im südwestlichen Harzvorland.«

»Vielen Dank, ich hatte kurz die Orientierung verloren, musste von der Autobahn wegen eines Staus runter. Nun fing plötzlich mein Wagen an zu qualmen und da musste ich anhalten.«

»Ja, ich sehe es schon, der Auspuff ist hin«, erwiderte er und beide gingen um ihr Auto herum.

»Ich wollte gerade einen Notdienst anrufen, denn so kann ich ja kaum weiterfahren.«

»Naja, ich könnte ihn abschleppen lassen, ich habe im nächsten Ort eine Werkstatt. Dann schauen wir mal, was ich machen kann. Wenn Ihnen das recht ist.«

Marleen überlegte kurz, eine andere Option hatte sie allerdings nicht. Den Wagen bis nach Berlin schleppen zu lassen wäre ein Unding und mit erheblichen Kosten verbunden. Der Notdienst würde ihn ohnehin nur bis zur nächsten Werkstatt bringen. Sie hatte es weder eilig noch irgendwo einen Termin einzuhalten. Genau genommen kam ihr diese Unterbrechung sogar ganz recht.

»Okay, dann machen wir das so«, bestätigte sie.

»Dann rufe ich schnell bei mir an, damit die Jungs Ihr Auto holen kommen. Wir können ja so lange warten und ich nehme Sie dann bei mir mit.«

»Natürlich, vielen Dank!«

Gemeinsam luden sie ihr Gepäck in den anderen Wagen und Marleen holte ihre Handtasche aus dem Auto.

»Ich bin übrigens Ludwig, Ludwig Meyer. Mir gehört Meyers Auto- und Motorradhof.«

»Ich bin Marleen Sommer. Danke noch mal, dass Sie angehalten haben.«

Ludwig lächelte sie nett an und Marleen begann sich zu entspannen, reichte ihm die Hand, die er freudig nahm.

»Was halten Sie von einem Kaffee, während wir warten? Ich habe eine große Thermoskanne im Wagen. Meine Frau macht den besten Kaffee, den es gibt.«

»Dann probiere ich den sehr gern«, lachte Marleen.

»Was führt Sie zu uns? Auf dem Heimweg aus dem Urlaub?«, fragte Ludwig, als er ihr wenige Minuten später eine Tasse reichte.

»So in der Art, ja«, antwortete Marleen. Auch wenn er freundlich und nett wirkte, sie musste ihm ja nicht gleich ihre ganze Geschichte erzählen.

»Wo müssen Sie denn hin?«

»Nach Berlin.«

»Das ist noch ein Stück.« Er nahm einen Schluck Kaffee. »Ich schau mir den Wagen an, sobald er in der Werkstatt steht. Wenn ich Ersatzteile dahabe, dann könnten Sie vielleicht sogar heute noch weiterfahren. Für den anderen Fall, dass ich erst noch etwas bestellen muss, hätten meine Frau und ich ein Gästezimmer frei.«

Als er Marleens skeptischen Blick sah, fügte er an:

»Ich wollte Ihnen nicht zu nahetreten, das war nur ein Angebot.«

»Schon okay, wirklich«, wiegelte Marleen ab. »Wir warten einfach mal ab und dann entscheide ich. Ist ja noch früh am Tag.«

Keine zehn Minuten später wurde Marleens VW abgeschleppt und sie fuhren in Ludwigs Wagen voraus zur Werkstatt.

~~~

»Nadja, was ist das hier?« Daniel nahm den Brief in die Hand, der auf seinem Schreibtisch lag und überflog ihn.

Seine Sekretärin kam ins Büro und wusste augenscheinlich nicht, wie sie ihm die Lage erklären sollte. Fragend sah er sie an und wedelte mit dem Schriftstück.

»Das ist Frau Neubers Kündigung, fürchte ich. Sie kam heute am zeitigen Morgen, drückte mir die Papiere in die Hand und verschwand wieder. Sie sah ziemlich mitgenommen aus, die Krankschreibung liegt daneben.«

»Hat sie sonst noch etwas gesagt? Eine Erklärung? Irgendwas?« Er warf den Brief genervt zurück auf den Schreibtisch.

»Nein, tut mir leid. Nur, dass sie es nicht länger erträgt und er sich zum Teufel scheren soll.«

»Okay, danke Nadja.«

Sie nickte Daniel zu und verschwand dann wieder ins Vorzimmer seines Büros.

Das war nun die dritte Assistentin innerhalb eines Jahres, die das Handtuch warf. Leider war bei ihr noch nicht einmal die Probezeit beendet gewesen. Im Übrigen ahnte Daniel den Grund, denn bisher war es stets derselbe gewesen. Also griff er zum Handy und wählte die Nummer seines Bruders.

»Guten Morgen«, meldete sich dieser völlig verschlafen. Daniel schaute auf die Uhr, es war kurz nach elf Uhr am Vormittag.

»Hallo Dominik. Was war dieses Mal der Grund?«, fiel er sofort mit der Tür ins Haus. Es lohnte nicht, um den heißen Brei herumzureden.

»Was bitte?«

»Tu nicht so! Du weißt doch sicher genau, was ich meine. Meine Assistentin hat mir heute ihre Kündigung auf den Tisch gelegt. Ich gehe mal davon aus, dass du wieder einmal der Grund dafür warst. Ach ja, bevor ich es vergesse: Du sollst dich zum Teufel scheren!«

Dominik lachte abfällig, schien allerdings nicht im Mindesten gekränkt zu sein.

»Ich kann nichts dafür, dass die Frauen das Wort One-Night-Stand nicht verstehen und mehr erwarten.«

Daniel stöhnte gequält auf. Es war immer und immer dasselbe Lied.

»Kannst du dann nicht wenigstens deine Finger von meinen Assistentinnen lassen? Du hast an jeder Hand zehn Frauen, die springen, wenn du pfeifst. Warum also immer hier bei mir?«

»Du hast eben einen guten Frauengeschmack, was das angeht. Sieh es doch mal so: Ich habe dir eine vom Hals geschafft, die ganz sicher wieder nur an deinem Erbe interessiert war. Für den Job war sie jedenfalls ungeeignet, wenn ich mir so ansehe, was sie die letzten Male verzapft hat. Sie hatte dafür andere Qualitäten.«

»Was für ein Quatsch!«, wehrte Daniel ab. »Sie hat ihre Arbeit sehr gut gemacht und im Übrigen will ich gar nichts über ihre anderen Qualitäten wissen. Die waren und sind bei mir für eine Anstellung nicht ausschlaggebend. Außerdem sind nicht alle wie Amelia, also hör damit endlich auf!«

»Alle Weiber sind irgendwann wie Amelia, wenn sie Geld und Erbe wittern«, kommentierte Dominik missmutig.

Daniel seufzte, ersparte sich aber jede weitere Erklärung, warum seine Assistentin ganz sicher nicht auf das Erbe aus gewesen war.

»Ich habe keine Zeit mich mit deinen Vorstellungen von Frauen zu befassen, ich muss mir nun eine neue Mitarbeiterin suchen. Wie zum Teufel hast du es geschafft, eine erfolgreiche Firma aufzubauen, wenn du um diese Tageszeit noch im Bett liegst?«, fragte er zerknirscht. Ein leises Pochen in der Schläfe machte sich breit und er rieb sich die Nasenwurzel.

»Tja, manche können es eben!«, erwiderte sein Bruder lachend. Dann hörte Daniel das Kichern einer Frau im Hintergrund.

»Ich gebe es auf«, war sein abschließender Kommentar, dann legte er auf.

Seinem Bruder und ihm gehörte Burg Steinthal, der Familiensitz der Steinthals. Schon seit der Erbauung 1868 war sie stets im Privatbesitz geblieben, und wenn es nach Daniel ging, dann sollte dies auch zukünftig so sein.

Dominik hielt nicht wirklich viel von Traditionen, Familiengeschichte und Erbe. Schon im Studium zeigte sich, dass er besser mit Zahlen, Kalkulationen, Wirtschaftsplänen und Frauen umgehen konnte und so entschied er sich, die Burgverwaltung und das Weiterführen des Erbes im Sinne der Familie seinem Bruder zu überlassen und sich anderen Herausforderungen zu widmen.

Trotzdem unterstützte er die Burg finanziell, nutzte oft seine geschäftlichen Kontakte, um helfen zu können. Jedoch wollte er diesbezüglich keinen Dank, am besten nicht mal eine Erwähnung dessen. Ganz egal war ihm das Erbe also nicht. Warum er sich allerdings so schwer tat es zuzugeben, erschloss sich Daniel bis heute nicht. Er wusste nur, dass es besser war, Dominik nicht darauf anzusprechen.

Daniel hingegen hing an diesem alten Gemäuer, an den unzähligen Erinnerungen und den Geschichten, die sich darum rankten.

Mittlerweile beherbergte es ein kleines Hotel, ein Museum, ein Restaurant mit Biergarten und eine Kapelle, in der man heiraten konnte. Es war Ausflugsziel vieler Besucher, besonders in den Sommermonaten, und auch die zahlreichen Feste lockten. Ob nun das Frühlingserwachen oder aber der mittelalterliche Weihnachtsmarkt auf dem Burghof waren zu Touristenmagneten für die Region geworden.

Um das alles zu stemmen, brauchte er allerdings eine Assistentin, die einen Teil der Organisation übernahm, ihm gedanklich folgen konnte und auch mal eigene Ideen lieferte. Natürlich hatte er einen riesigen Stab an Mitarbeitern, aber alleine war dieses Unternehmen Burg, denn nichts anderes war es, keinesfalls zu bewältigen.

»Nadja, bereiten Sie bitte eine neue Ausschreibung vor!«, rief er ins Vorzimmer und fügte gedanklich an: "Sie haben ja inzwischen Erfahrung darin."

Es würde Monate dauern, bis eine neue Assistentin eingearbeitet war. Jetzt standen die Frühlings- und Sommermonate mit den höchsten Besucherzahlen vor der Tür. Jedes Wochenende fanden Trauungen in der Burgkapelle statt, dazu die Führungen durch die Anlage, die sich zeitlich nicht überschneiden durften, und die neue Ausstellung anlässlich des Jubiläumsjahres, die bald eröffnet werden sollte.

Wieder einmal drehte er in Gedanken seinem Bruder den Hals um.

2

~*~

»Also so wie es aussieht, ist der Auspuff hin, das haben Sie ja gesehen. Nur ist das leider nicht das Einzige und auch nicht das Hauptproblem«, begann Ludwig vorsichtig. Marleen ahnte Böses.

»Na los, sagen Sie schon!«, forderte sie ihn dennoch auf.

»Also prinzipiell würden wir das Rohr einfach abmontieren, ein neues anschweißen und gut. Leider hat aber ihr Kat ebenfalls was abbekommen oder war bereits schon leicht angeschlagen. Da muss ein neuer her, so können Sie unmöglich weiterfahren.«

»Na super!«, erwiderte Marleen.

Ludwig nahm sie mit, sie kletterten unter das Auto und sie konnte sich selbst von dem Dilemma überzeugen. Die lange Tour durch Europa hatte ihrem alten Auto anscheinend nicht gefallen und sogar sie als Laie sah, dass da nichts zu retten war.

»Wie lange würde es denn dauern, bis Sie das repariert haben?«

»Ich habe den Kat natürlich nicht da, müsste ich bestellen. Aber heute ist Freitag, der kommt bestenfalls Montag. Dann würde ich den sofort einbauen und Sie könnten Dienstag weiter.«

»Wenn denn alles so klappt«, mutmaßte Marleen und Ludwig nickte.

»Nun gut, dann soll es wohl so sein«, beschloss sie. »Gibt es hier ein Hotel oder eine Pension?"

»Sie können wie gesagt gern unser Gästezimmer haben, es ist momentan frei, hat ein separates Bad. Meine Frau hat nichts dagegen, sie freut sich immer über Besuch.«

»Das ist sehr nett, aber ... «, wollte Marleen abwehren.

»Nichts aber, ist wirklich so. Sie können es sich ja überlegen. Es gibt noch eine kleine Pension am Fuße des Berges, am Burgweg hoch. Aber da ist selten etwas frei. Oben auf Steinthal gibt es ein Hotel, doch das wird ebenfalls belegt sein und kostet auch nicht gerade wenig.«

»Okay, dann danke ich Ihnen schon mal und sage Bescheid, wenn ich mich entschieden habe.«

Ludwig nickte zustimmend.

Wenn sie hier sowieso festsaß, musste sie sich ja irgendwie die Zeit vertreiben und eine Wanderung zur Burg wäre vielleicht genau das Richtige. Das Wetter war bestens dafür geeignet und es war gerade erst Mittag.

Marleen griff nach dem Handy, als sie die Werkstatt verließ, und rief ihre beste Freundin an.

»Hey Marleen, wo steckst du? Wann kommst du endlich an?«

»Das Wort trifft es, ich stecke nämlich fest. Im Vorharz. Mein Auto ist kaputt und ich komme frühestens am Dienstag.«

»Was? Wieso das denn? Was ist passiert? Geht es dir gut? «

»Ja, mit mir ist alles bestens. Aber Auspuff und Kat sind hinüber und die Werkstatt hier muss natürlich Ersatzteile bestellen, die aber vor Montag nicht hier sein werden. Also lege ich noch einen Zwischenstopp ein.«

»Oh man, ich wollte doch mit dir morgen auf eine Party. Das ist total blöd«, schimpfte Caro. »Soll ich dich holen kommen?«

»Und wer fährt dann meinen Wagen nach Berlin?«, erinnerte sie ihre Freundin. Außerdem war

Marleen über die Tatsache, Caro nicht zu dieser Party begleiten zu müssen, gar nicht so traurig. Zugesagt hatte sie nur, weil sie sich so lange nicht gesehen hatten und es der erste gemeinsame Abend wieder in Berlin gewesen wäre.

»Ja, okay. Punkt für dich«, gab Caro nach.

»Nicht traurig sein, ich bin ja trotzdem bald wieder da und dann holen wir alles nach.« Die beiden Frauen verabschiedeten sich und Marleen versprach sich zu melden, sobald sie abschätzen konnte, wann sie hier wegkommen würde.

Das Örtchen, denn mehr war es nicht, hieß Steinthal an der Burg. Nicht sehr kreativ, aber passend. Auf ihrer Fahrt, kurz vor der Zwangspause, hatte sie rechter Hand einen Steinbruch gesehen. Daher wahrscheinlich auch der Name. Auf der anderen Seite schien eine große Obstbaumplantage zu sein, die sicher bald in voller Blüte stehen würde.

Marleen musste zugeben, dass der Ort und die gesamte Umgebung als Kulisse für Märchenfilme perfekt wären: Kleine, liebevoll restaurierte Fachwerkhäuser reihten sich an mit Kopfsteinpflaster ausgelegten Straßen aneinander. Überall waren Frühlingsblumen gepflanzt und brachten frische Farben mit sich. Vielleicht lag es auch einfach daran, dass es der erste wirklich warme Frühlingstag mit Temperaturen über fünfzehn Grad war, aber Marleen fühlte sich augenblicklich wohl und war kein bisschen sauer wegen des zwangsweise eingelegten Aufenthalts.

Sie erstand in der Bäckerei eine Streuselschnecke und einen Kaffee, in dem kleinen Tante-Emma-Laden nebenan eine Flasche Wasser. Ihr wurde geraten den bequemen Touristenweg zur Burg zu nehmen, der wäre entspannter. Etwa eine Stunde brauchte man wohl bei gemächlichem Schritt. Die nette ältere Dame drückte ihr gleich noch einen Reiseführer und eine Wanderkarte in die Hand und Marleen solle unbedingt auf den Turm steigen, die Aussicht wäre atemberaubend. Sie bedankte sich und machte sich auf den Weg.

Leider hatte sie in der Pension nicht so viel Glück, denn alle Zimmer waren belegt. Sie würde also doch auf Ludwigs Angebot zurückgreifen oder aber ein teures Hotelzimmer buchen müssen, wenn es denn überhaupt möglich wäre.

Wegbeschreibung und auch Karte hätte sie tatsächlich gar nicht gebraucht, sie musste nur den vielen Menschen folgen.

Marleen genoss trotz allem die Wanderung, ließ sich Zeit und kam weniger erschöpft als gedacht an der Burg an. Sie bezahlte den Eintritt an einem kleinen Häuschen, welches früher sicher der Torwache gehört hatte. Blaue und rote Streifen zierten die Front, mittig konnte sie ein Wappen erkennen.

Sie erstand einen kleinen Reiseführer über die Burg, der auch die Geschichte des Hauses Steinthal beinhaltete, und blätterte darin, als sie das Burgtor durchschritt.

Ein langer, verschlungener Weg, etwa so breit wie eine einspurige Straße, führte zu einem nächsten Tor, welches wesentlich stattlicher daherkam. Auch dieses musste sie durchqueren und gelangte so zu einem kleinen Innenhof. Hier schien ein Restaurant seinen Platz zu haben, denn sie konnte mit weißen Decken geschmückte, kleine Holztische unter großen Sonnenschirmen erkennen. Hier und da gab es sogar Bäume und auch ein paar Büsche in großen Kübeln spendeten im Sommer Schatten. Momentan zeigten sich nur die ersten Knospen.

Als Marleen weiterlief, kam sie zum eigentlichen Burghof und ihr blieb beinahe die Luft weg. So hatte sie es sich immer vorgestellt, wenn ihre Großmutter ihr Märchen vorgelesen hatte, in denen es um Ritter und Burgfräuleins ging.

Nichts wirkte trist oder verfallen. Überall sah man bunte Blumen und Bänder in rot und blau flatterten im Wind. Hier hatte jemand mit ganz viel Liebe und einem Gefühl für Geschichte seine Hände im Spiel.

Mit Blick nach rechts konnte sie die Burgkapelle erkennen, links schien das Hotel zu sein. Geradezu machte sie den Eingang ins Museum aus. Sie ließ den Blick nach oben wandern. Unzählige kleine Türmchen reckten sich gen Himmel, geschmückt mit Fahnen begrüßten sie die Besucher sicher schon von weitem.

Für ein paar Sekunden ließ sie die Gedanken fliegen, stellte sich vor, wie es hier früher einmal gewesen sein könnte, als sie durch einen etwas lauteren Wortwechsel ins Hier zurückgeholt wurde.

Vor dem Eingang zur Kapelle stand eine Hochzeitsgesellschaft samt Braut und Bräutigam und sah ein wenig ratlos aus. Daneben redete eine kleine Gruppe auf einen offensichtlich überforderten Burgführer ein. Marleen konnte gar nicht anders als zuzuhören. Sie waren einfach viel zu laut.

»Wir haben für diese Tour aber bezahlt und ich möchte mir jetzt diese Kathedrale ansehen. Jetzt und nicht erst in einer Stunde. Schließlich gehört die ja dazu.«

»Kapelle, keine Kathedrale«, verbesserte der junge Mann, der die Gruppe leitete. »Und natürlich gehört sie dazu. Aber wir haben hier nun mal ab und an auch Hochzeiten und die gehen vor. Es tut mir sehr leid, dass Sie davon betroffen sind. Sie können sich die Kapelle ja später ansehen.«

»Ich will da aber jetzt rein und es ist mir schnuppe, wenn Sie Ihre Buchungen nicht hinbekommen«, wetterte der ältere Herr weiter. Er schien inzwischen sehr aufgebracht, der Rest der Gruppe wirkte eher genervt, einige hatten sich bereits zurückgezogen und sich auf die Bänke im Umkreis gesetzt.

Die Braut schien den Tränen nahe, denn der angeblich schönste Tag im Leben entwickelte sich garantiert nicht nach ihren Wünschen. Da half auch kein Trost ihres Zukünftigen.

Eigentlich wollte Marleen sich raushalten, doch sie konnte einfach nicht und ging auf die Reisegruppe zu.

»Entschuldigen Sie bitte, ich bin gerade unfreiwillig Zeuge Ihrer Unterhaltung geworden und hätte vielleicht einen Vorschlag zur Güte, wenn ich darf.«

Misstrauisch sah der Mann sie an, doch davon ließ sich Marleen nicht einschüchtern, sondern sah nun den Burgführer an, der dankbar nickte.

»Wie viele Trauungen kommen denn noch?«

»Das wäre die letzte für heute«, antwortete er, wusste zwar offensichtlich nicht, was er von der ganzen Situation halten sollte, war aber dankbar für die Hilfe.

»Na das ist doch perfekt.« Marleen setzte ihr allerbestes Gästelächeln ein.

»Sie sind doch bestimmt alle sehr durstig nach der langen Führung. Was halten Sie davon, wenn Sie sich in dem wunderbaren Biergarten eine Pause gönnen und etwas trinken, natürlich auf Kosten des Hauses. Ausgeruht kann man doch die Kapelle viel besser genießen, meinen Sie nicht auch?«

Verhaltenes Nicken, die ersten Zustimmungen wurden geäußert. Der eben noch so aufgebrachte Mann schien sich ebenfalls zu besinnen, was eventuell aber auch an der Frau liegen konnte, die nun an ihn herangetreten war und leise auf ihn einredete. Letztlich stimmte er widerwillig doch zu.

Nachdem die Gruppe verschwunden war, wandte Marleen sich wieder an den Burgführer, zog ihn mit zur Hochzeitsgesellschaft.

»Sie können sich jetzt trauen«, damit zwinkerte sie der Braut zu, die erstmals ein Lächeln zeigte. »Nur sollten Sie es eventuell nicht so in die Länge ziehen. Ich kann für nichts garantieren. Die nächste halbe Stunde sollten Sie aber Ruhe haben, denke ich.«

Die Standesbeamtin öffnete sichtlich erleichtert die Türen und alles nahm seinen geplanten Verlauf.

»Vielen Dank, das war sehr nett von Ihnen. Irgendwas muss mit der Buchung falsch gelaufen sein … mal wieder. Eigentlich standen für heute nur zwei Trauungen am Vormittag drin. Ich weiß gar nicht, wie das passieren konnte«, versuchte der Burgführer eine Erklärung zu finden.

»Schon gut, hab ich gern gemacht. Ich hoffe, Sie bekommen keinen Ärger wegen meiner Einmischung. Und wegen der Kosten jetzt ... «

»Nein, sicher nicht. Ich nehme das auf meine Kappe, das ist es mir wert«, wiegelte er ab und ging zu der Reisegruppe, die sich inzwischen im Biergarten niedergelassen hatte.

Marleen lächelte in sich hinein, verbuchte es als gute Tat für diesen Tag und wollte Richtung Turm loslaufen, als sie jemand vorsichtig am Arm festhielt.

~~~

Daniel wollte gerade in den Burghof treten, um die Situation zu klären, als er sah, wie eine Frau auf die Gruppe zutrat, irgendetwas zu sagen schien und binnen weniger Minuten hatte sich die Lage entspannt. Unter dem Torbogen blieb er stehen und beobachtete sie.

Sie sah nicht wie eine typische Burgbesucherin aus, sondern trug ein einfaches Kleid mit einer dicken Strickjacke darüber. Lange, blonde Haare fielen ihr bis über die Schulterblätter, im Haar steckte eine Sonnenbrille. Die Schuhe waren nicht unbedingt für eine Wanderung gedacht, aber wenn sie den normalen Touristenweg genommen hatte, sollte es kein Problem gewesen sein. Das Wetter war heute ja gnädig.

Bevor sie wieder verschwinden konnte und aus einem Impuls heraus, lief er zu ihr und hielt sie am Arm fest. Erschrocken drehte sie sich um und sah ihn fragend an.

»Nicht erschrecken, bitte«, sagte Daniel schnell. »Ich habe das eben mitbekommen und … «

Ihr Blick wanderte zu seinem Sakko, an dessen Brusttasche ein Namensschild steckte, welches ihn zudem als Manager der Burg auswies.

»Oh je, tut mir leid … ich wollte mich keineswegs einmischen, aber ich konnte nicht anders. Also … die Rechnung im Biergarten … ich übernehme die natürlich, sollte es nötig sein. Ihr Burgführer konnte nichts dafür.« Beschämt sah sie ihn an und eine feine Röte überzog mittlerweile ihre Wangen. Sie schien allerdings in dem Glauben zu sein, dass er ihr jetzt die Hölle heiß machen wollte.

»Genau aus diesem Grund wollte ich Sie auf einen Kaffee einladen und gern mit Ihnen reden. Das war eben sehr gut gewesen.«

»Was?« Perplex sah sie ihn an.

»Zeit für einen Kaffee?«, ignorierte Daniel einfach ihre Frage und schob sie in Richtung des kleinen Kaffees im vorderen Teil der Burg. Die Gruppe von eben musste diese Unterhaltung nicht unbedingt mitbekommen. Hier setzten sie sich an einen kleinen Tisch und er bestellte zwei Kaffee und

Mineralwasser. Als beides gebracht wurde, begann Daniel das Gespräch.

»Ich bin Daniel, Graf von Steinthal, und manage die Burg und alles, was mit dieser zusammenhängt. Ich habe eben gesehen, wie Sie mit der heiklen Situation umgegangen sind und würde Ihnen ein Angebot machen wollen.«

»Aha«, erwiderte sie nur. »Ein Angebot? Was denn für ein Angebot? Sie kennen mich doch gar nicht.«

»Das ist richtig, trotzdem würde ich es gern versuchen. Mir hat meine Assistentin gekündigt und wie Sie sehen, brauche ich dringend jemanden, der mir zur Hand geht, damit sowas wie eben nicht passiert. Derjenige sollte ein wenig Geschick im Umgang mit Menschen mitbringen und genügend Feingefühl besitzen, um dieser Burg gerecht zu werden. Ich denke, Sie haben das.«

»Moment mal«, unterbrach sie ihn. »Bieten Sie mir gerade einen Job an?«

»Ja, so könnte man es sagen.« Daniel lächelte.

»Aber Sie wissen nichts über mich, ich könnte auch einfach eine Touristin sein, mit meiner Familie hier im Urlaub, ich habe vielleicht einen Job. Ich könnte eine Psychopathin sein, die gerade aus der Anstalt ausgebrochen ist oder eine Diebin, die an ihre Kronjuwelen will.«

Daniel lachte leise.

»Glauben Sie mir, an meine Kronjuwelen kommen nur ganz wenige Damen. Einer Psychopathin wäre der Weg hier hoch zu anstrengend und die tragen meist eine andere Art Jacke, Sie wissen schon. Eine Touristin könnten Sie in der Tat sein, jedoch ohne Familie. Warum sollten Ihre Kinder keine Burg mögen und nicht mitgekommen sein? Wenn Sie einen Job haben, dann ist das so. Vielleicht ist aber dieser hier viel besser?«

»Wer nicht wagt, der nicht gewinnt, oder?«, mutmaßte sie und lächelte ihn an.

Daniel nickte und sah sie herausfordernd an. Sie war keine typische Touristin, das war ihm schnell klargeworden. Sie trug auch keinen Ring am Finger und war allein unterwegs. Dass da Familie auf sie wartete, bezweifelte er. Also hatte er alles auf eine Karte gesetzt. Würde er eine Abfuhr kassieren, dann könnte Nadja noch immer die Anzeige schalten.

»Also, das ist ... das kommt ... etwas plötzlich«, erwiderte sie. »Sie kennen nicht mal meinen Namen und bieten mir eine solche Stelle mit sicher viel Verantwortung an. Das ist verrückt.«

»Sagen wir mal, meine Menschenkenntnis erlaubt das.«

Das klang vielleicht gerade ein wenig abgehoben, aber er konnte sich tatsächlich etwas darauf einbilden. Bisher lag er nie falsch mit seinem Personal ... jedenfalls nicht komplett. Dass sein

Bruder die Finger nicht stillhalten konnte, stand auf einem anderen Blatt.

»Fangen wir doch mal an und Sie stellen sich vor. Wo kommen Sie her? Was machen Sie sonst beruflich?«

Sie überlegte kurz, dann stahl sich erneut ein Lächeln ins Gesicht, was sie umso sympathischer aussehen ließ.

»Unfassbar, dass ich das hier wirklich mache«, flüsterte sie und schüttelte, erstaunt über sich selbst, den Kopf.

»Also mein Name ist Marleen Sommer, ich komme eigentlich aus Berlin und bin nur hier gelandet, weil mein Auto einen Schaden hatte und gerade repariert wird. Ich habe bisher in einem Hotel gearbeitet, war am Empfang beschäftigt und für das Hauskeeping zuständig. Außerdem durfte ich bei der Planung von größeren Events helfen und diese koordinieren.«

»Na das klingt doch ziemlich perfekt. Jetzt müssen wir nur noch Ihr geschichtliches Wissen, was unsere Familie und die Burg angeht, aufbessern«, erwiderte Daniel zufrieden. Er nippte entspannt an seinem Kaffee, sie hatte den ihren noch nicht einmal angerührt. Stattdessen drehte sie unentwegt den kleinen Löffel zwischen den Fingern.

»Sie müssen nicht nervös sein, keiner zwingt Sie hier zu arbeiten, wenn Sie nicht möchten«, versuchte er sie zu beruhigen. »Aber ich sehe es Ihnen an, die Burg hat sie infiziert.«

Marleen schenkte ihm ein weiteres Lächeln.

»Ja, hier ist es wunderschön. Sie überrumpeln mich nur gerade und arbeiten mit gemeinen, hinterhältigen Tricks«, tadelte sie ihn. »Ich suche tatsächlich einen neuen Job, allerdings in Berlin, und nun kommen Sie mir mit diesem Angebot. Das ist ... « Sie suchte nach den passenden Worten.

»Ein Zeichen? Eine Fügung des Schicksals?«, grinste er.

»Nein, eher beängstigend«, antwortete sie lachend.

»Haben Sie Familie oder einen Freund in Berlin, der auf Sie wartet?«, hakte er weiter nach.

»Sie sind aber neugierig«, lachte Marleen. »Aber nein, ich habe weder einen Freund noch Familie.«

»Na dann sehen Sie das doch hier als einen Zwischenstopp mit Bonus an«, erklärte er einfach. »Ich sag Ihnen etwas: Sie versuchen es, vielleicht so für ein halbes Jahr. Wenn es gar nicht klappt mit uns und Sie zu großes Heimweh verspüren, verspreche ich, dass Sie jederzeit gehen können.«

Er konnte förmlich sehen, wie die Rädchen in ihrem Kopf zu arbeiten begannen und sie das Für und Wider abwog. Damit sie gar nicht erst anfing zu grübeln, fragte er weiter:

»Wie lange ist Ihr Wagen denn noch in der Werkstatt?«

»Auf jeden Fall bis Montag, sagt Ludwig."

»Dann können Sie sich meinen Vorschlag ja mal durch den Kopf gehen lassen. Wenn Sie den Job möchten, dann kommen Sie einfach wieder hierher, auch, wenn Sie Fragen haben. Wenn Sie sich dagegen entscheiden, nichts für ungut. Ich nehme es Ihnen keinesfalls übel, versprochen.« Damit schob er ihr seine Visitenkarte über den Tisch, die sie zögerlich annahm.

Er war sich sicher, dass sie perfekt hierher passen würde, dass der Job genau das Richtige für sie wäre. Warum, konnte Daniel nicht sagen, es war reine Intuition und die sagte ihm ebenfalls, dass sie das Angebot annehmen würde.

»Haben Sie ein Zimmer in der Pension oder wo übernachten Sie?«

»Nein, da war leider nichts frei. Ludwig, aus der Werkstatt, hat mir angeboten sein Gästezimmer zu belegen.«

»Ja, ich kenne ihn. Er kümmert sich um den Fuhrpark der Burg. Er und seine Frau sind sehr nett. Sein Angebot können Sie beruhigt annehmen. Hier im Hotel ist gerade alles ausgebucht, sonst hätte ich Ihnen ein Zimmer anbieten können.«

»Okay, gut zu wissen. Also ich melde mich dann bei Ihnen, wenn ich mich entschieden habe?«, fragte Marleen zögerlich, stand auf und strich ihr Kleid glatt.

Daniel erhob sich ebenfalls und reichte ihr die Hand.

»Das würde mich sehr freuen, Marleen.«

3

~*~

War das wirklich gerade passiert?

Hatte ihr ein fremder Mann einen Job angeboten? Einfach so? Wo war da der Haken? Kein Mensch tat so etwas in der heutigen Zeit. Da zählten Zeugnisse und Berufserfahrung und noch viel mehr Beziehungen.

Marleen schlenderte den Weg hinunter und ihre Gedanken kreisten ohne Unterlass. Das konnte es doch gar nicht geben.

Viel erschreckender war allerdings die Tatsache, dass sie ohne zu überlegen zugesagt hätte. Auf einer solch schönen Burg zu arbeiten musste ein Traum sein. Und der Manager schien ebenfalls sehr höflich und nett. Oder beinhaltete der Job seiner Assistentin noch andere Aufgaben? Nein, so hatte er nicht auf sie gewirkt und auch keine zweideutigen Signale ausgesandt. Sie ärgerte sich über diesen blöden Spruch mit den Kronjuwelen, wie peinlich. Doch er hatte es locker weggesteckt und gut gekontert. Dabei dachte Marleen immer, der Adel wäre eingestaubt und versnobt.

Das war verrückt!

Auf der anderen Seite hatte sie nichts zu verlieren. Was wartete denn in Berlin auf sie, abgesehen von Caro, die sie natürlich vermisste. Die aber jederzeit auch herkommen könnte. All ihre Probleme wären mit einem Schlag verschwunden.

Hatte Marleen sich im Unterbewusstsein bereits entschieden? War das wirklich ein Zeichen? Hatte das Schicksal einfach mal die Planung übernommen?

Sie fühlte sich hier tatsächlich von der ersten Sekunde an wohl, alle schienen freundlich, die Landschaft war ein Traum, ihr Arbeitsplatz wäre es sicher ebenfalls.

So viele Fragen purzelten in ihrem Kopf hin und her, sie konnte nur keine davon richtig erfassen. Wenn sie wieder im Ort war, würde sie sich in ein Café setzen und eine Pro- und Kontra-Liste aufstellen.

Bisher konnte diese ihr immer helfen, schwierige Entscheidungen zu fällen.

Sollte sie Caro anrufen? Nein, lieber nicht. Sie würde ihr die Sache sofort madigmachen und Marleen wollte halbwegs unvoreingenommen herangehen.

Zwei Stunden, ein Stück Kuchen und einen Latte Macchiato später konnte Marleen auf der Kontra-Seite nur ihre Wohnung in Berlin, die Miete kostete, und ihre Freunde benennen, bei denen ja der Vorteil bestand, dass man sich besuchen konnte, wann immer man möchte. Familie hatte sie bis auf ihren Vater, der allerdings auf Rügen lebte, keine mehr. Ihre Mutter war verstorben, als Marleen noch ein kleines Kind gewesen war und so wuchs sie bei ihrer Großmutter auf, die leider ebenfalls vor drei Jahren an Krebs gestorben ist.

Die Argumente für den Job hingegen nahmen beinahe den gesamten Zettel ein. War es wirklich so einfach? Wäre das ihr kompletter Neuanfang und genau das, was sie eigentlich seit Beginn ihrer Reise gesucht hatte?

Dann müsste sie sich aber schleunigst ein Zimmer zur Untermiete suchen, denn bei Ludwig konnte und wollte sie nicht ewig wohnen. Oder vielleicht doch gleich Nägel mit Köpfen machen und eine kleine Wohnung mieten?

Sie könnte im Tante-Emma-Laden nachfragen, da wusste man bestimmt über den allgemeinen Dorftratsch Bescheid und auch, wo es freie Wohnungen gäbe. Allerdings wüsste dann wahrscheinlich auch gleich jeder, dass sie auf der Burg arbeiten würde.

Sollte dieser Punkt eventuell auf die Negativseite? Dass hier das Privatleben auf der Strecke bliebe?

Die Burg hatte sie von der ersten Sekunde an fasziniert und magisch angezogen. Warum also nicht? Ihre Großmutter hätte ihr sicher sofort geraten diese Chance anzunehmen.

Sie würde natürlich noch eine Nacht darüber schlafen, aber prinzipiell hatte Marleen sich entschieden und war mehr als froh darüber, tatsächlich sogar erleichtert.

Ihr war wie von Zauberhand eine Entscheidung abgenommen worden. Sollte sie vielleicht sogar ihrem alten VW danken? Sie musste lächeln, schließlich bekam dieser gerade ein Dankeschön in Form einer wahrscheinlich sehr teuren Reparatur verpasst.

Nachdem sie bezahlt hatte, machte sich Marleen auf den Weg zur Werkstatt, um Ludwigs Angebot für die Übernachtungen anzunehmen und auch gleich ihre Taschen zu holen.

Zum Glück bewohnten er und seine Frau das Haus daneben, sodass sie nicht weit laufen musste.

Ludwig kam ihr sogleich lächelnd entgegen.

»Ich habe gute Neuigkeiten. Der Katalysator wird am Montag geliefert.«

»Sehr gut!«, freute sich auch Marleen. Dass es mittlerweile egal war, sagte sie ihm aber nicht. Zuerst musste sie die Einzelheiten mit dem Burgherrn klären, denn über wesentliche Bedingungen wie die Bezahlung und was genau ihr Aufgabenfeld sein würde, hatten sie schließlich noch nicht gesprochen. Folglich würde sie auch Caro erst informieren, wenn sie den Vertrag unterschrieben hatte. Ihre Freundin rechnete sowieso frühestens am Dienstagabend mit ihr.

Die einzige Frage, die für sie jetzt noch blieb: Was würde aus ihrer Wohnung in Berlin werden? Sollte sie diese sofort kündigen? Doch was ist, wenn ihr die Anstellung hier nicht gefiel und sie zurückgehen müsste? Wohnraum in Berlin zu finden war nicht gerade einfach.

Sollte sie untervermieten oder doch die eventuell doppelte Miete in Kauf nehmen und alles so belassen, wie es war? Auf ihrer Reise durch Europa hatte sie hier und da gejobbt und sich so gut über Wasser halten können, das Erbe ihrer Großmutter kaum anrühren müssen. Daran wollte sie auch jetzt nichts ändern. Doch zwei Wohnungen zu finanzieren würde nicht einfach werden. Marleen beschloss dieses Problem fürs Erste nach hinten zu schieben.

Das Gästezimmer entpuppte sich als wunderschön ausgebautes Dachgeschoss mit einem durch eine Trennwand abgeteilten Schlafbereich, einer kleinen Sitzecke davor und, wie versprochen, einem separaten Bad. Es gab sogar eine Mini-Küchenzeile mit zwei Herdplatten, einem kleinen Kühlschrank und dem wichtigsten Utensil: einer Kaffeemaschine.

Ludwigs Frau Erika war eine Seele von Mensch, nur leider überaus mitteilsam. Sie redete ohne Unterlass, was allerdings den Vorteil hatte, dass Marleen gleich ein wenig über die Geschichte der Burg und deren Burgherren erfuhr. Wie es schien, gab es davon zwei und sie schwärmte in höchsten Tönen von ihnen.

Marleen konnte es ihr kaum verdenken, war der Manager natürlich ein sehr attraktiver Mann. Er musste so um die fünfunddreißig Jahre alt sein, vielleicht auch etwas älter. Die enge schwarze Jeans und das Sakko standen ihm hervorragend, wirkten nicht zu elitär, aber durchaus souverän. Die Haare trug er recht kurz und Marleen hatte einen Moment lang überlegt, ob eine etwas strubbeligere Frisur ihm besser stehen würde, den Gedanken aber sofort wieder verworfen. Bei seinem charmanten Lächeln sollte er keine Probleme mit der Frauenwelt haben.

Wenn also Burgherr Nummer zwei ihm in nichts nachstand, denn sie hatte erfahren, dass die beiden Brüder waren, dann könnte es heiter werden. An Frauen, die sehr gern die Rolle der Gräfin übernehmen würden, sollte es laut Erika sowieso nicht mangeln.

~~~

»Die Stellenanzeige habe ich fertig. Soll ich sie gleich heute noch schalten und auf unsere Homepage stellen?«, fragte Nadja, als Daniel sein Büro betrat.

»Nein, warten Sie noch das Wochenende ab.«

Zwar sah Nadja ihn sehr verwundert an, war aber klug genug in diesem Moment ihrem Chef keine weiteren Fragen zu stellen.

Auch Dominik würde vorerst keine weiteren Informationen bekommen, bis die Sache in trockenen Tüchern war. Noch hatte er mit Marleen keine Einzelheiten geklärt und bei der Gerüchteküche im Umfeld der Burg konnte es durchaus passieren, dass sie bereits vorher Reißaus nahm. Er hoffte inständig, dass sie niemandem von dem Angebot erzählte, vor allem nicht Erika. Ludwigs Frau war die wandelnde Litfaßsäule, an sie hefteten sich sämtliche Neuigkeiten, egal ob erfunden oder wahr und sie gab sie nur zu gern weiter. Er musste eben abwarten, war sich aber sicher, dass Marleen zugreifen würde. Sonst hätte sie von vornherein abgelehnt. Sie war definitiv keine der Frauen, die es auf sein Erbe abgesehen hatten oder durch den Job an dieses zu gelangen versuchten. Dominiks Mutmaßungen waren in dem Punkt sowieso meist völlig übertrieben. Er hatte zwar allen Grund misstrauisch zu sein und Daniel konnte seine Haltung nachvollziehen. Jedoch sollte er sie nicht Überhand gewinnen lassen.

Jetzt allerdings konnte Daniel nur abwarten und hoffen, dass Marleen sich melden würde. Ablenkung hatte er genügend, in der Burg gab es stets etwas zu organisieren. Nach dem Vorfall heute Nachmittag, der leider nicht der erste dieser Art war, mussten sie tatsächlich etwas in ihrem Buchungssystem ändern, damit es nicht noch mal dazu kam. Er rief also sein Team zusammen, was aus Claudia, der Verantwortlichen für die Hochzeiten, Dirk, demjenigen, der die angemeldeten Führungen organisierte, und seiner Sekretärin bestand. Normalerweise nahm hier natürlich auch seine Assistentin teil, denn bei ihm und ihr liefen alle Fäden zusammen. Fürs Erste musste es eben so gehen.

Danach war ein Besuch des Architekten und der Baufirma geplant, die sich um die Sanierung des nördlichen Turmes kümmern würden. Eine Mammutaufgabe, wie sich schnell herausgestellt hatte. Doch sie wollten aus der Not eine Tugend machen und sogenannte Baustellenbesichtigungen anbieten. Gekoppelt mit den Führungen konnte man so viel Wissen über die Art und Weise des Bauens in früheren Zeiten vermitteln und dem Besucher einen kleinen Einblick in den normalen Burgalltag geben. Schon vor einigen Jahren hatten sie dies angeboten, als der östliche Turm saniert wurde und es fand reges Interesse.

»Herr von Steinthal«, meldete sich Nadja. »Es gibt ein Problem im Burgcafé. Und das Museum hat angerufen. Die Ausstellungsstücke für die Sonderausstellung zum Burgjubiläum können erst übernächste Woche freigegeben werden.«

»Na super!«, fluchte Daniel leise vor sich hin. Dann hätten sie gerade mal zwei Tage, um alles vorzubereiten, denn die Einladungen zur feierlichen Eröffnung waren bereits verschickt.

»Holen Sie mir meinen Großonkel ans Telefon! Ich will wissen, woran das liegt«, rief er ins Vorzimmer und schickte nebenbei ein Stoßgebet ab, dass Marleen die Stelle tatsächlich annahm.

Nach dem Meeting mit seinen Mitarbeitern und dem erfolglosen Telefonat mit seinem Großonkel in der Pfalz fühlte Daniel sich erschöpft und müde. Warum nur tat er sich das an? Natürlich hing er an der Burg und der Geschichte seiner Familie. Aber wäre es nicht einfacher, das Ganze einem Verwalter oder meinetwegen auch dem Bundesland zu überlassen?

Adelige Titel zählten seit 1919 nichts mehr, waren nur noch schönes Beiwerk zum Namen. Es gab zwar ein Adelsarchiv und die meisten Angehörigen hielten sehr viel darauf in diesem zu stehen, mehr aber auch nicht. Titel wurden genutzt, um sich bei allen möglichen Gelegenheiten Vorteile zu verschaffen oder aber bestimmte Ansichten und Moralvorstellungen zu begründen.

Daniel hingegen ging dieses Gehabe auf die Nerven. Er war zwar stolz ein von Steinthal zu sein, eine weit zurückreichende Familiengeschichte zu haben und diese der Nachwelt zu zeigen, könnte aber genauso gut Müller oder Meier heißen.

Sein Bruder hingegen nutzte seinen Titel nur zu gern, um bei Frauen zu landen, die er allerdings sofort wieder entsorgte. Anders konnte Daniel es tatsächlich nicht nennen.

Wie oft hatte er Dominik bereits aus der Klemme geholfen? Auch, wenn es den Adel offiziell nicht mehr gab, für die Klatschpresse war so ein Grafensprössling, welcher sich danebenbenahm, das gefundene Fressen.

4

~*~

Das Wochenende hatte Marleen damit verbracht sich noch einmal alles durch den Kopf gehen zu lassen. Sie würde den Job annehmen, soviel stand fest. Jetzt musste sie schnellstens eine kleine Wohnung finden, am besten hier im Ort. Dann würde sie an einem Wochenende nach Berlin fahren und einen Großteil ihrer Sachen holen. Die restlichen Möbel würden später folgen. Da sie eine Kündigungsfrist von drei Monaten hatte, müsste sie diese nun irgendwie finanziell überbrücken, doch das würde sie schon schaffen. Schließlich ging es das ganze letzte Jahr ebenfalls. Fürs Erste jedoch war

Marleen mehr als zufrieden. In ihrem Bauch machte sich ein aufgeregtes Flattern breit, als sie erneut den Weg zur Burg antrat.

Leider war das Wetter heute nicht so schön wie am Freitag, es regnete wie aus Kübeln und war kalt. Nicht mal der Schirm und die Winterschuhe halfen ihr weiter und sie würde ganz sicher klatschnass und schmutzig oben ankommen. Ein ganz toller Einstieg, um den zukünftigen Chef davon zu unterrichten, dass man die angebotene Stelle annahm.

Gestern Abend hatte sie Caro angerufen. Wie Marleen es schon geahnt hatte, war ihre beste Freundin keineswegs begeistert. Das Argument, dass sie dann aber sicher ab und an auf einer richtigen Burg übernachten könnte, zog allerdings mehr als die Trauer eines Abschiedes. Der ja nicht wirklich einer war, denn beide Frauen waren mobil und könnten sich jederzeit besuchen. Caro hatte versprochen sich um einen Nachmieter zu bemühen, sodass Marleen hoffentlich nicht zu lange doppelte Miete zahlen müsste. Sollte sie es hier tatsächlich nicht aushalten, könnte sie notfalls bei Caro unterkommen.

Die Ersatzteile für ihren Wagen würden heute geliefert werden. Ludwig hatte ihr versprochen sofort loszulegen und zudem einen Freundschaftspreis angeboten. Er wusste ja noch nichts von ihren Plänen hierzubleiben.

Plötzlich hupte eine schwarze Limousine hinter Marleen, fuhr langsam an ihr vorbei und blieb letztlich stehen. Das Fenster wurde heruntergelassen und der Kopf des Burgherrn erschien.

»Wollen Sie zu mir? Dann steigen Sie ein.«

Marleen nahm dieses Angebot nur zu gern an und ließ sich auf dem Beifahrersitz nieder. Leider würde sie die noble Innenausstattung mit ihren verschmutzten Schuhen ruinieren.

»Oh je, ich mache Ihnen hier alles schmutzig«, entschuldigte sie sich und versuchte wenigstens den tropfenden Schirm im Fußraum verschwinden zu lassen.

»Das macht gar nichts und trocknet außerdem wieder«, winkte er ab und fuhr langsam die schmale, kurvenreiche Straße weiter.

»Da Sie sich bei so einem miesen Wetter auf dem Weg zur Burg befanden, gehe ich mal davon aus, dass Sie positive Nachrichten für mich haben und die Stelle annehmen?«

Schelmisch grinste er sie von der Seite aus an.

Eigentlich lag ihr ja auf der Zunge, dass sie ihm nur persönlich absagen wollte. Doch sie überlegte es sich allerdings anders, um es sich nicht gleich am ersten Tag mit ihrem neuen Arbeitgeber zu verscherzen.

»Ja, ich denke schon, würde nur gern ein paar Einzelheiten vorher klären und Fragen habe ich natürlich auch.«

»Sie glauben gar nicht, wie sehr mich das freut und Sie dürfen mich alles fragen, was Ihnen unter den Nägeln brennt. Aber bitte erst, wenn wir in meinem Büro sitzen und ich einen Kaffee vor mir habe.«

Marleen lachte und stimmte dem bereitwillig zu. Heute Morgen hatte sie versucht so leise wie möglich aus der Wohnung zu schlüpfen, um Erika nicht über den Weg zu laufen. Sonst wäre sie wohl in den nächsten Stunden nicht weggekommen. Marleen mutmaßte, dass Ludwig ihr das Zimmer nur angeboten hatte, um ein wenig mehr Ruhe vor seiner Frau zu haben, denn diese hatte ja somit ein neues Opfer.

»Wie kommen Sie mit Ludwig und Erika zurecht?«, fragte der Graf, als wenn er ihre Gedanken gelesen hätte.

»Ganz gut. Die beiden sind sehr nett«, versuchte sich Marleen herauszureden, denn sie wollte keineswegs undankbar erscheinen. Doch er lachte frech.

»Sie können mir ruhig die Wahrheit sagen, ich kenne Erika schon sehr lange und weiß, dass sie sehr einnehmend sein kann und äußerst gesprächig ist.«

Marleen sah ihn direkt an und prustete schließlich los.

»Ja, das stimmt, das ist sie wirklich.«

»Ach so, sagen Sie bitte Daniel. Das "von" können wir im Privaten weglassen, denke ich. Nur bei offiziellen Anlässen ist es nötig, das würde ich Ihnen aber vorher mitteilen.«

»Sehr gern.«

Den Rest des Weges unterhielten sie sich über eher unverfängliche Dinge, er erzählte ein wenig über die Geschichte der Burg und deren Bewohner. Marleen hatte diese Art Geschichten schon als Kind geliebt und wurde immer zuversichtlicher, dass der Job tatsächlich ein Wink des Schicksals war.

Oben angekommen hielt Daniel direkt vor dem Eingang ins Haupthaus, sodass Marleen schnell hineinschlüpfen konnte und nicht noch nasser wurde. Er selbst parkte den Wagen hinter dem Gebäude und kam dann, mit einem großen Schirm über seinem Kopf, zu ihr geeilt.

»Damit wir hier das Bild einer mittelalterlichen Burg wahren, sind die Parkplätze der Angestellten alle versteckt in einem Hinterhof, der nicht für die Öffentlichkeit zugänglich ist. Sämtliche Brautpaare werden mit einer Kutsche hochgefahren, der Bus hält ein ganzes Stück vor dem Eingang«, erklärte er sogleich. »Es gibt elektrische Fackeln überall da, wo eventuell ein Besucher hinkommen könnte, und die

Kronleuchter im Festsaal werden sogar von Hand herabgelassen und jede Kerze einzeln angezündet.«

Eine große Portion Stolz schwang in seinen Schilderungen mit und Marleen freute sich umso mehr, dass sie nun bald ein Teil dieser Illusion sein würde. Irgendwie kam ihr das alles auch bekannt vor, sie wusste nur nicht, woher. Ihre Großmutter hatte ihr immer wunderbare Geschichten erzählt, ob nun wahr oder erfunden, das konnte Marleen nicht sagen. Doch stets sahen die beschriebenen Burgen und Schlösser dieser Burg hier sehr ähnlich. Wahrscheinlich lag es also daran.

Wenn sie sich in deinem Herzen richtig anfühlen, dann sind sie sicher wahr, hatte Großmutter immer gesagt. Ihr Tod traf Marleen damals schwer. Das Einzige, was sie als Erinnerung besaß, war ein altes Medaillon, welches ihre Oma ihr immer umgelegt hatte, wenn sie ihren Geschichten lauschte und das nun in ihren Besitz übergegangen war. Für ihre Tour durch Europa hatte Marleen es allerdings daheim gelassen. Zu groß war die Angst, das einzige Erinnerungsstück zu verlieren.

»Na kommen Sie, ich mache uns Kaffee und dann reden wir«, schlug ihr neuer Chef vor und sie stiegen die zwei Etagen nach oben, wo sich die Büros der Verwaltung befanden.

~~~

Daniel hatte es gewusst und als er Marleen die Burgstraße bei diesem Wetter hochlaufen sah, hätte er am liebsten einen Freudentanz hingelegt. Sie würden ein perfektes Team abgeben, da war er sich sicher. Da Dominik frühestens und wenn überhaupt zur Eröffnung der Ausstellung hier eintreffen würde, hatte er auch genügend Zeit, Marleen auf seinen Bruder vorzubereiten, genau genommen sie zu warnen.

Noch eine Assistentin würde er nicht an ihn verlieren, das stand fest.

»Also«, begann er, als sie endlich in seinem Büro saßen und beide einen Kaffee vor sich hatten. »Schießen Sie los, ich denke, Sie haben noch ein ganz paar Fragen.«

»Ja, die habe ich«, bestätigte Marleen. »Was wären denn überhaupt meine Aufgaben? Ich meine, ich komme aus der Hotelbranche, habe von sowas hier, auch von Geschichte, keine Ahnung und mich auch mit dem Adel und allem, was damit zusammenhängt, nicht beschäftigt.«

»Das ist zweitrangig. Ich brauche jemanden, der mitdenkt und mir ungefragt folgen kann, kopftechnisch meine ich. Ich will keine Assistentin, die mir den Kaffee bringt und die Post hinlegt, dafür habe ich Nadja. Sie müssten mitdenken, koordinieren, auch mal selbst entscheiden. Wenn ich nicht da bin, haben Sie hier das Sagen.«

»Oh!« Marleen ließ die Tasse sinken. Natürlich hatte es der Job in sich. Von Langeweile war er weit entfernt. Da er aber sah, wie sich bereits die Gegenargumente in ihrem Kopf häuften, sprach er schnell weiter.

»Keine Panik, Sie werden natürlich eingearbeitet und mich in der ersten Zeit einfach begleiten. Dann bekommen Sie den Dreh schnell raus, da bin ich mir sicher. Was unsere Familiengeschichte angeht: Ganz so wichtig waren die Steinthals in der Geschichte nicht, auch wenn einige unserer Verwandten da sicher gern anderer Meinung sind. Man munkelt, dass einer unserer Großgroßgroßonkels in eine Prinzessin aus dem Hause Hohenzollern verliebt gewesen sein soll, es aber aufgrund unseres Ranges zu keiner Verbindung kam. Aus diesem Grund sind einige meiner Cousinen der Meinung, dass wir Steinthals ja beinahe den Kaiserthron erklommen hätten.« Daniel lächelte, denn Marleen schien sich wieder zu entspannen.

»Ich will nicht leugnen, dass einige aus Adelskreisen etwas elitäre und sehr gewichtige Vorstellungen haben, vor allem was den Gebrauch der Titel angeht. Aber auch da bekommen Sie den Dreh schnell raus. Wir haben hier ganze Listen mit

Namen und den dazugehörigen Titeln. Ihren Vorgängerinnen erging es ja auch so.«

»Wie viele gab es denn da schon? Und warum sind sie nicht mehr hier?«

Mist, warum hatte er das Thema angeschnitten!

»Es waren in der Tat schon mehrere und die Gründe für die Kündigung verschieden, tun aber jetzt nichts zur Sache«, antwortete er vage und hoffte, dass sie nicht weiterfragen würde.

Marleen nickte nur, beließ es aber zum Glück dabei.

»Sie würden ein gutes Gehalt plus die Zuschüsse für Wochenenden und Extra-Arbcit bekommen. Ab und an fallen Dienstreisen an, da ich als Gastdozent für Geschichte immer mal wieder Vorträge an Universitäten halte, zu denen Sie mich natürlich nicht begleiten müssen, stattdessen aber dann hier meine Position übernehmen werden.«

»Ja okay, damit kann ich leben, denke ich«, erwiderte Marleen. »Was ist, wenn mir der Job gar nicht liegt? Oder wenn wir nicht miteinander auskommen?«

»Auch wenn ich nicht denke, dass das eintreten wird, setzen wir eine Klausel in den Vertrag, dass Sie jederzeit gehen können. Schließlich habe ich Sie ja förmlich damit überfallen, wenn auch nicht ganz uneigennützig.«

Als Marleen ihn fragend und skeptisch zugleich ansah, musste er natürlich eine Erklärung geben.

»Der kommende Sommer ist natürlich die Haupteinnahme und es steht eine Ausstellungseröffnung anlässlich des 150jährigen Bestehens der Burg an und noch einige weitere Festivitäten. Meine Assistentin hat mir erst letzte Woche aus persönlichen Gründen gekündigt, ich brauche dringend Hilfe, auch wenn ich einen Stab an Personal habe. Sie retten quasi mein Nervenkostüm.«

»Sie sind ehrlich«, kommentierte sie seine Aussage.

»Naja, Sie würden es ja sowieso erfahren und so wissen Sie gleich, woran Sie sind.« Daniel hoffte, dass der wahre Grund der Kündigungen ihrer Vorgängerinnen nicht sofort am ersten Tag zu ihr durchdringen würde. Dann müsste er sich in der Tat eine Erklärung einfallen lassen.

»Na schön. Ich denke, ich werde es gern versuchen«, sagte Marleen und lächelte ihn an. Sie schien erleichtert, dass es endlich raus war und sie alles besprochen hatten.

»Kennen Sie jemanden, der ein Zimmer vermietet oder wissen Sie, wo im Ort ich fragen könnte? Vielleicht im Laden?«

»Sie wollen bei Ludwig ausziehen?«

»Naja, Ludwig und Erika bekommen morgen Gäste, also muss ich wohl. Weder in der Pension noch im Hotel ist etwas frei.«

»Also wenn Sie mich fragen, könnten Sie sich sofort einen dauerhaften Wohnsitz mieten. Aber ich hätte da vielleicht eine Lösung. Wir haben hier auf der Burg zwei Wohnungen, komplett möbliert, eigentlich für Besuche von Verwandten. Doch momentan steht nichts an und Sie könnten eine davon bewohnen. Die andere dient gerade eher als Abstellkammer.«

»Oh nein, ich denke, ich finde schon etwas«, wollte sie abwiegeln.

»Lassen Sie uns einfach mal in die Wohnung hinaufgehen und dann entscheiden Sie sich«, unterbrach er sie, wohl wissend, dass sie das Angebot niemals ablehnen würde, wenn sie die Wohnung erst einmal betreten hätte.

5

~*~

Ach herrje! Er hatte doch von einer Wohnung gesprochen und nicht von einem Palast. Gut, die Maße stimmten. Sie war nicht sehr groß, aber so exklusiv eingerichtet, dass Marleen Angst hatte durch reines Hinsetzen etwas kaputt zu machen oder zu beschmutzen. Wer auch immer das hier eingerichtet hatte, war ein Profi.

»Und? Was sagen Sie? Ist ja nur für eine begrenzte Zeit, denke ich. Wir fragen einfach mal bei den anderen Mitarbeitern, die wissen sicher, wo es noch freie Wohnungen gibt. Aber fürs Erste?«

Fragte er das ernsthaft?

Marleen drehte sich zu Daniel um und sah ihn skeptisch an. Niemand war ohne Grund einfach so nett.

»Wo genau ist der Haken? Sie vergeben doch nicht einfach so eine tolle Wohnung an jemanden, den Sie nicht kennen.«

»Nun ja, wie schon erwähnt, ich habe eine gute Menschenkenntnis. Und ich gestehe: Ich brauche Sie schnellstens an meiner Seite zur Unterstützung. Ich würde wohl alles versprechen.« Er grinste sie an.

Natürlich wusste er genau, was er wie anstellen musste, um seinen Willen zu bekommen. Erika hatte Marleen bereits vorgewarnt, dass die beiden Brüder bei der Frauenwelt sehr beliebt waren, trotz allem aber waren beide Single, was tief blicken ließ. Schließlich war Marleen nicht naiv.

»Hm«, gab sie nur zurück. Ihr Bauchgefühl fand das alles toll und im Geiste sah sie sich bereits in der überdimensionalen Badewanne liegen. Genau genommen hatte sie ja auch keine andere Wahl, sie wäre ab morgen ohne Schlafplatz.

»Das ist unfair und Sie spielen schon wieder mit unlauteren Methoden«, beschwerte sie sich daher halb ernst, halb sarkastisch. »Sie wissen genau, dass eine Frau hierzu nie nein sagen könnte. Schon gar keine, die ab morgen obdachlos ist.«

»Das kennen Sie nun schon von mir, es zählt also nicht«, konterte er. »Ich will sie Ihnen auf keinen Fall aufdrängen, aber es wäre eine gute Lösung, wenigstens für den Übergang.«

»Was würde mich das denn kosten?«

»Gar nichts, die Wohnung gehört ja unserer Familie und ist da, egal ob genutzt oder ungenutzt."

»Oh nein, das möchte ich nicht! Ich kann doch unmöglich so einfach auf Kosten der Burg ...«, wollte sie einwenden, doch Daniel winkte ab.

»Doch, doch, keine Widerrede. Sie helfen mir sehr, wenn Sie gleich morgen früh Ihren Job antreten würden.«

Auf Marleens Gesicht legte sich ein Lächeln, sie hielt ihm die Hand hin.

»Gebongt, ich werde da sein.«

»Sehr schön, Sie retten, wie gesagt, mein Nervenkostüm«, erwiderte er. »Und nun holen wir schnell Ihre Sachen von Ludwig ab, danach habe ich nämlich einen Termin.«

Angesichts des Regens und der Tatsache, dass ihr Auto noch immer als Geisel in der Werkstatt gehalten wurde, konnte sie das Angebot kaum ausschlagen.

Die Blicke von Erika waren unbezahlbar, als Daniel Marleen half die wenigen Gepäckstücke in sein Auto zu laden. Als er ihr dann auch noch erklärte, dass sie die Erste ist, die die wunderbare Neuigkeit erfahren durfte, konnte man förmlich Kirchenglocken und Babywagen in ihren Augen aufleuchten sehen.

Doch die Freude wurde getrübt, als Daniel erklärte, dass Marleen nur seine neue Assistentin sei. Erika sah ihn warnend an und fuchtelte mit erhobenem Zeigefinger vor seinem Gesicht herum.

»Passen Sie mir ja auf das Mädel auf, Herr Graf! Sie wissen genau, was ich meine.«

Marleen sah ihn verständnislos an, aber Daniel schien dafür umso besser zu verstehen und gab Erika einen Kuss auf die Wange. Sie ließ sich dadurch zwar nicht besänftigen, freute sich aber, dass sie nun eine Neuigkeit mehr in die Welt tragen durfte.

Als sie gerade die letzte Tasche ins Auto luden, klingelte ihr Handy.

»Hey Caro, kann ich dich zurückrufen?«

»Nein, nein, warte. Geht auch ganz schnell. Ich hätte einen Interessenten für deine Wohnung. Sie würde sie samt Möbel nehmen, natürlich nicht umsonst. Du müsstest nur deine Sachen rausholen und die Möbel, die du unbedingt behalten willst.«

»Was? Wie das denn? Und so schnell?«

Marleens Herz pochte schneller, ihr Gehirn konnte gar nicht klar denken.

»Eine Freundin hat sich von ihrem Mann getrennt und braucht dringend eine Bleibe. Sie würde sofort umziehen, ich hab ihr aber gesagt, dass ich erst mit dir reden muss und du da ja auch noch private Dinge hast und so«, erklärte Caro im Schnelldurchlauf. »Ich muss auch nur wissen, ob du generell ja sagen würdest, damit sie gar nicht erst woanders schaut.«

»Ähm ... ja ... ja, ich denke schon. Aber ich weiß noch nicht, wann ich meine Sachen rausholen kann. Vielleicht am nächsten Wochenende, eventuell erst später?«

»Ja klar, bis dahin muss sie es eben noch bei sich daheim aushalten. Das wird schon gehen«, stellte Caro einfach klar. »Sobald du deine Sachen herausgeräumt hast, kann sie einziehen.«

Daniel sah Marleen fragend an, als sie das Gespräch ein paar Minuten später beendet hatte und zu ihm in den Wagen stieg.

»Ich habe mein Wohnungsproblem gerade gelöst, glaube ich. Also das Problem in Berlin, meine ich.«

»Naja, ich sag es ja nur ungern, aber: Fügung.«

»Ach nun hören Sie mir auf damit.« Doch so ganz konnte sie den Gedanken nicht von sich weisen. Das war schon alles sehr eigenartig und würde es in einem Buch stehen, würde sie es wohl unter Märchen abtun.

»Ich würde sagen, ich bringe Sie jetzt in ihr Burggemach, werte Dame«, grinste Daniel sie an, als er losfuhr. »Dann können Sie sich die Nase pudern und das machen, was feine Damen eben so tun. Ab morgen erwarte ich dann Ihre ungeteilte Aufmerksamkeit.«

Marleen konnte nicht anders und stimmte in sein Lachen mit ein. Wenn er sich nicht als großer Blender herausstellte, dann würde die Zusammenarbeit mit Daniel sehr angenehm verlaufen.

~~~

»Guten Abend, Adam«, begrüßte Dominik den Pförtner am Haupttor. Da es bereits nach zehn Uhr abends war, war das große Haupttor geschlossen und sämtliche Gäste, auch die vom Hotel, mussten sich anmelden.

»Graf von Steinthal, ich wusste nicht, dass Sie heute anreisen«, grüßte der Pförtner freundlich zurück. »Warten Sie eine Sekunde, ich öffne Ihnen.«

Damit verschwand er wieder in dem kleinen Häuschen, betätigte einen Knopf und wie von Zauberhand öffnete sich das große Tor, welches tagsüber nur von wenigen Lieferfahrzeugen passiert werden durfte, um die Optik der Burg nicht zu stören.

Die letzten zwei Tage hatten geschlaucht, er war genervt, untervögelt und hatte zu wenig geschlafen. Ob eine Auszeit hier oben oder doch eine sexy Touristin Abhilfe schaffen könnten, würde sich schnell zeigen. Das Wichtigste war allerdings, dass er hier seine Ruhe hatte und mit Daniel einen gepflegten Whisky trinken könnte. Schließlich hatte ihr Vater nicht umsonst einen luxuriös ausgestatteten Salon, der allerdings nur zu ausgewählten Anlässen geöffnet wurde. Es würde ihn hoffentlich nicht stören, wenn Dominik fand, dass sein Besuch stets ein solcher Anlass war ... außerdem würde er es ja nicht erfahren. Schließlich lebten ihre Eltern mittlerweile in der Schweiz.

Dass Daniel wieder eine neue Assistentin suchen musste, tat Dominik natürlich leid und mittlerweile ärgerte er sich auch über sich selbst, dass er es drauf angelegt hatte. So eine tolle Nummer war ... wie hieß sie doch gleich wieder ... auch nicht. Er müsste sich tatsächlich mehr zusammenreißen oder aber Daniel seinen Geschmack ändern, was das Aussehen seiner Assistentinnen anging. Er war doch auch nur ein Mann und konnte leider nicht so oft widerstehen, wie er es sollte. Dass sich da gerade eine Flaute anbahnte, wo sonst rege Betriebsamkeit herrschte, passte ihm gar nicht.

Sein Bruder war da anders, was nicht hieß, dass er weniger umtriebig war. Nur suchte er gezielter und anscheinend erfolgreicher. Seine abgelegten Liebschaften nervten im Nachhinein nie. Oder hatte er bisher nur Glück gehabt?

Hinter Daniel lief die blöde Presse aber auch nicht ständig her und wollte verkaufsfördernde Bilder erhaschen. Er war in dem Punkt der Saubermann und das Aushängeschild der Burg. Wenn es von ihm Fotos gab, dann seriös und meist im Namen der Familie. Da dachte man, das Interesse am Adel in Deutschland sei erloschen, schließlich gab es diesen ja nicht mehr. Doch das war wohl ein Trugschluss. Besonders schlimm wurde es, wenn in benachbarten Ländern königliche Hochzeiten anstanden. Dann erinnerte man sich zu gern daran, dass es so etwas Ähnliches, wenngleich weniger glamourös, auch in Deutschland gab.

Dominik parkte den Wagen im Hof, stieg aus und schloss die hintere Tür des Haupthauses auf, in dem die beiden Wohnungen der Familie und auch das Büro untergebracht waren. Daniel bewohnte ein schickes, kleines Häuschen am Waldrand, etwa zehn Minuten von hier. Ihn würde er morgen früh im Büro überfallen.

Jetzt brauchte er eine heiße Dusche, dann war die Welt wieder in Ordnung. Dominik stieg die Stufen zur Wohnung empor, steckte den Schlüssel ins Schloss und stutzte.

Warum war nicht abgeschlossen? Hatte die Putzfrau es vergessen oder war Daniel heute hiergeblieben? Umso besser, dann könnten sie sofort in den Salon hinüberwechseln.

Im Flur brannte Licht und im Wohnzimmer lief der Fernseher. Da Daniel stets einen der Nachrichtensender bevorzugte, jetzt aber

Verkaufsfernsehen lief, bezweifelte er, dass sein Bruder anwesend war.

An der Garderobe hing eine Damenjacke, auf dem Sofa lagen verteilt ein paar Kleider, die halbvolle Tasche stand daneben.

Hatte Daniel etwa eine neue Freundin? Doch warum war sie hier? Noch nie durfte eine Dame hier übernachten. Das war ausgemachtes Tabu unter den beiden Brüdern. Warum hatte sein Bruder ihm also nichts gesagt? Seit wann kannte er diese Frau?

Er griff zum Handy und wählte Daniels Nummer.

»Hey Daniel, ich steh gerade in unserer Wohnung und ... «, weiter kam er nicht. Da hatte sein Bruder bereits aufgelegt und er starrte verwundert das Handy an. Was war das denn bitte? Doch lange konnte er darüber nicht nachdenken.

»Bleiben Sie, wo Sie sind! Kommen Sie keinen Schritt näher oder ich schreie. Und ich schreie laut, mich hört sicher der Pförtner da unten«, stammelte plötzlich jemand hinter ihm.

Langsam drehte Dominik sich um und hielt den Schlüssel, der an seinem Finger baumelte, hoch.

»Wer sind Sie und was wollen Sie?«, fragte sie mit zitternder Stimme.

»Dasselbe könnte ich Sie fragen«, erwiderte er, noch immer verwundert über die Reaktion seines Bruders.

Die Frau schien gerade aus der Dusche gekommen zu sein, um ihren Körper hatte sie nur ein Handtuch geschlungen, die Haare hingen ihr nass ins Gesicht. Sie tropfte die gesamte Wohnung voll, was die alten Dielen sicher nicht verzeihen würden.

»Entschuldigung, aber könnten Sie bitte wieder ins Bad gehen! Sie machen hier alles nass.«

»Oh. Was?« Die Frau sah an sich hinunter, dann wieder zu ihm und wusste augenscheinlich nicht so recht, was sie jetzt tun sollte. Also klimperte Dominik nochmals mit dem Schlüssel.

»Sehen Sie das hier? Das ist ein Schlüssel und zwar für diese Tür da, okay? Ich bin also kein Einbrecher und auch kein Fremder, sonst hätte mich der Pförtner unten nicht reingelassen. Und nun gehen Sie endlich und trocknen sich ab!«

Die Frau deutete auf das Sofa, ging langsam ein paar Schritte drauf zu und griff sich einen Stapel Kleidung. Ohne ihn aus dem Blick zu lassen, bewegte sie sich wieder rückwärts Richtung Bad, tastete hinter ihrem Rücken blind nach dem Türknauf und verschwand. Er hörte, wie sie den Schlüssel herumdrehte, dann war es für eine ganze Weile sehr still. Beinahe dachte er schon, sie wäre aus dem Fenster geflüchtet. Was sich allerdings als schwierig herausstellen würde, es sei denn, sie entpuppte sich als Spiderwoman.

Er ließ sich auf einen der Sessel fallen, sodass er die Badezimmertür im Blick behalten konnte und versuchte zu verstehen, was hier vor sich ging. Sein Bruder, den er noch mal versuchte anzurufen, nahm nicht ab.

Irgendwann schien sie sich doch hinauszutrauen, trug nun eine einfache Jeans und einen Pullover, die nassen Haare hatte sie zu einem Zopf geflochten, der über ihre rechte Schulter fiel.

»Was wollen Sie hier? Und wer sind Sie?« fragte sie sogleich, noch immer mit gehörigem Sicherheitsabstand und immer die Tür im Blick, so eine Flucht nötig sein sollte.

»Keine Panik, ich will Ihnen nichts tun. Ich bin Dominik von Steinthal und Daniels Bruder. Wer sind Sie?«

»Mein Name ist Marleen Sommer. Ich wusste nicht, dass jemand die Wohnung benötigt. Ihr Bruder meinte, dass in der nächsten Zeit niemand ... und dass ich könnte ... also hier wohnen, meine ich«, stammelte sie etwas unbeholfen.

»Prinzipiell stimmt das auch, Daniel hat sicher versäumt mich zu informieren. Für gewöhnlich nächtigen Damen aber im Hotel und nicht in unseren Privatwänden. Ich gehe also davon aus, dass es etwas Ernstes zwischen Ihnen beiden ist. Seit wann kennen

Sie sich denn? Das muss ja recht schnell gegangen sein.«

»Naja, ich bin am Freitag mit meinem Wagen hier gestrandet und heute hat er mir angeboten, dass ich vorerst diese Wohnung nutzen kann ... aber Moment ... was ...« Sie brach ab und plötzlich wurden Ihre Augen riesengroß und sie wedelte verneinend mit ihren Händen.

Ihm ging es allerdings nicht anders.

»Sie kennen sich gerade mal drei Tage?«, platzte es aus ihm heraus.

Na kein Wunder, dass Daniel ihm noch nichts erzählt hatte. Musste er seine neue Liebschaft nur gleich hier einziehen lassen? Da stimmte doch sicher etwas nicht. Von wegen Auto kaputt und ganz zufällig natürlich hier in der Nähe der Burg.

6

~*~

Marleen konnte ihn nicht hören, denn das Wasser der Dusche war zu laut.

Zum Glück hatte sie sich aus reiner Intuition heraus und um nicht nackt durch eine fremde Wohnung zu laufen, ein Handtuch umgebunden, als sie bemerkte, dass sie vergessen hatte ihre Klamotten mit ins Bad zu nehmen. Normalerweise sah sie das nicht so eng und wäre ihm wohl prompt splitterfasernackt in die Arme gelaufen.

Zugegebenermaßen, wie ein Einbrecher sah er nicht aus. Der Anzug saß tadellos und auch ohne Krawatte machte er eher den Eindruck eines

Geschäftsmannes und nicht eines Diebes auf Raubzug. Was auch das ausschlaggebende Argument dafür war, nicht in Panik und wildes Geschrei zu verfallen, sondern sich ins Bad zurückzuziehen und zu bekleiden, um dann noch einmal in Ruhe mit demjenigen zu reden. Sicher ließ sich alles schnell klären.

Als sie also bekleidet zurück ins Wohnzimmer trat, hatte es sich der Typ auf dem Sessel gemütlich gemacht, ein Bein auf das andere gelegt und musterte sie skeptisch. Seine stahlblauen Augen scannten jeden Zentimeter und hinterließen ein Brennen auf ihrer Haut. Ob unangenehm oder nicht, das konnte sie gerade gar nicht sagen.

Im Bad hatte sie sich immerhin ein wenig beruhigen können und versuchte nun, ihm selbstbewusster gegenüberzutreten. Es war ja schließlich nicht ihr Fehler, dass Daniel vergessen hatte, wen auch immer in seiner Familie zu informieren, dass die Wohnung nun belegt war.

Doch scheinbar verstand er hier etwas völlig falsch!

»Moment, ich glaube, Sie verstehen da etwas nicht«, versuchte Marleen also zu erklären. »Ich bin nicht seine neue Freundin. Ihr Bruder hat mich heute als seine Assistentin eingestellt. Und weil ich noch keine Wohnung hier habe ... «

»Warten Sie mal ... Sie wollen mir allen Ernstes erzählen, dass Sie rein zufällig genau hier eine Autopanne hatten und mein Bruder Sie natürlich rein zufällig getroffen und Sie ebenso zufällig zu seiner Assistentin gemacht hat?«

»Ich gebe ja zu, dass es verrückt klingt. Aber genau so war es.«

Marleen zuckte ratlos mit den Schultern. Selbst in ihren Ohren hörte sich das an wie aus einer Hollywood-Schmonzette.

»Sie können ihn ja anrufen und fragen«, schlug sie daher vor.

Sein Bruder schnaubte abfällig, als wenn er ihr keine Sekunde glauben würde. Doch so einfach gab Marleen nicht nach.

»Ich habe leider keine andere Erklärung«, fügte sie daher mit erhobenem Kopf und trotzig an. Sie verschränkte abwehrend die Arme vor der Brust und hatte nicht vor klein beizugeben. Zumal sie dann ja ohne Bleibe für die Nacht dastehen würde.

»Tja, dann würde ich mal sagen, Sie packen Ihre Sachen und verlassen meine Wohnung!«, stellte er plötzlich klar.

»Wie bitte? Das soll wohl ein Scherz sein. Sie schmeißen mich raus?«

»Nun ja, es ist meine Wohnung und Sie haben kein Recht hier zu sein. Ich kann also tun und lassen, was ich will.«

»Nein, kannst du nicht!«, hörten sie plötzlich Daniels Stimme von der Tür her rufen.

Meine Güte, wie viele Personen besaßen eigentlich einen Schlüssel und traten ohne zu klopfen ein?

Daniel kam näher und baute sich vor Dominik auf.

»Das ist Marleen Sommer, meine neue Assistentin, und sie wird vorerst hier wohnen«, stellte er Dominik vor vollendete Tatsachen. Marleen konnte sich daher ein triumphierendes Lächeln nicht verkneifen, welches allerdings verblasste, als sie seinen abwertenden Gesichtsausdruck sah.

»Du brauchst gar nicht so zu schauen, es hat alles seine Richtigkeit. Und nun beweg dich, ich nehme dich mit zu mir.«

Widerwillig erhob sich Dominik, schenkte Marleen aber keinen weiteren Blick, sondern verließ mit Daniel die Wohnung. Dieser vergewisserte sich noch, ob bei Marleen alles okay sei, was sie bejahte. Gerade als sie fragen wollte, woher er denn wusste, dass sein Bruder hier sei, schloss sich die Tür hinter den beiden Männern und es kehrte Ruhe ein.

Jetzt verstand sie allerdings auch Erikas Aussage, dass die beiden Brüder sich vor potentiellen

Gräfinnen kaum retten konnten. Charme hatten sie beide anscheinend mit der Muttermilch zu trinken bekommen und optisch standen sie sich in nichts nach.

~~~

»Himmel, sie wusste doch gar nicht, dass ich eine neue Assistentin suche. Die Stelle war noch gar nicht ausgeschrieben, wie auch. Außerdem habe ich sie angesprochen und nicht andersrum«, versuchte Daniel seinen Bruder davon zu überzeugen, dass Marleen weder böse Absichten noch irgendwelche Heiratswünsche hegte. »Und da du mich erst in diese beschissene Lage gebracht hast, hast du auch kein Mitspracherecht mehr.«

»Weil sie einen Mini-Streit schlichten konnte, denkst du, sie wäre perfekt für den Job?« Den sarkastischen Unterton konnte Dominik sich nicht verkneifen. Normalerweise hielt er große Stücke auf Daniels Urteilsvermögen, doch hier war er sich sicher, dass ein zu kurzer Rock das ausschlaggebende Argument gewesen war. Leider an der falschen Frau.

Als Marleen nur mit einem Handtuch bekleidet aus dem Bad kam, war er tatsächlich für einige Sekunden sprachlos gewesen ... leider nicht aufgrund von Begeisterung, sondern vor Schreck. Hatte sich der Geschmack seines Bruders so sehr verändert? Ihre Beine sahen zwar sehr passabel aus, dafür wurde an der Oberweite gespart. Trotzdem konnte er es nicht verhindern, dass sich ein Ziehen in seinen Lenden ausbreitete, doch er schob es darauf, dass er das Wochenende allein verbringen musste und nicht auf Handbetrieb stand.

»Du wirst von ihr die Finger lassen, ist das klar!«, ermahnte ihn Daniel noch einmal.

»Bitte? Hast du sie dir mal angesehen?« Ungläubig schaute Dominik seinen Bruder an. »Sie ist nicht gerade das, was ich bevorzuge und auch nicht das, was du bisher als deine Assistentin präferiert hast."

»Werde nicht unverschämt, ja? Was willst du eigentlich hier?«, wechselte Daniel das Thema.

»Auszeit.«

Dominik wusste natürlich, dass er um eine Erklärung nicht herum käme, doch die wollte er Daniel erst liefern, wenn sie bei ihm waren. Jetzt im Auto war es ihm zu riskant, rausgeworfen zu werden.

»Falls du die Fotos aus der Zeitung meinst, die kenn ich schon«, meinte Daniel lapidar und Dominiks Kopf schoss zu ihm herum.

»Hältst du mich für blöd? Natürlich habe ich meine Leute, die mir berichten, was ich wissen muss. Im Übrigen kräht da morgen kein Hahn mehr nach.«

Das hoffte zwar auch Dominik, doch war der Fettnapf dieses Mal ein wenig zu groß gewesen und die Sache mit Julie auf der Motorhaube seines Wagens hätte er wohl lieber lassen sollen. Von ihm war wenig zu erkennen, aber sie sah direkt in die Kamera des Fotografen, ihr Oberkörper entblößt, die Beine angewinkelt. Da Julie dummerweise ein Möchtegern-It-girl war, ihren eigenen YouTube-Channel und einen Lifestyle-Blog besaß, kam ihr das Ganze sehr recht. Sie wurde auch nicht müde darauf hinzuweisen, dass er derjenige auf dem Foto war.

»Irgendwann, wenn du mal sesshaft wirst und heiratest, wird die Sache sicher wieder herausgeholt werden. Aber ob das dann noch jemanden interessiert, bezweifle ich. So weltbekannt sind weder wir noch unsere Lokalpresse. Auch wenn diese Frau sicher alles Mögliche machen wird, damit man sich eine Weile daran und an sie erinnert. Dieser Artikel und auch die Fotos schaffen es kaum in die große Presse, denke ich. «

»Ich dachte eigentlich, du wäschst mir den Kopf. Mutter hat das im Übrigen getan.«

»Schon klar und das darf sie auch gern tun. Mir steht es nicht zu, du bist alt genug und für dein Leben selbst verantwortlich. Ich kann dich kaum an die Leine nehmen.«

Sein großer Bruder schien Dominik in einigen Dingen voraus, vor allem was die Auswahl der

Frauen anging. Bei Marleen allerdings fragte er sich gerade, ob Daniel getrunken hatte. Oder war das sein Plan, damit er ihm keine weitere Assistentin abspenstig machen konnte?

Wollte Daniel etwa selbst mehr von ihr? War der Job nur Mittel zum Zweck?

»Schlag dir das aus dem Kopf, ich vögele nicht mit Angestellten, das hab ich dir bereits gesagt«, meinte sein Bruder lachend. »Du solltest in deinem Job ein besseres Pokerface draufhaben. Ehrlich, wie kann man Erfolg haben, wenn man bis mittags schläft und so schlecht schauspielern kann?«

Zog Daniel ihn gerade auf?

Ein Knurren bahnte sich den Weg und das "Ach leck mich doch!" lag Dominik bereits auf der Zunge.

»Ach halt die Klappe«, sagte er stattdessen und stieg aus, denn inzwischen waren sie bei Daniel angekommen und er hatte den Wagen vor dem Haus geparkt.

»Na komm schon, kleiner Bruder!«, neckte dieser ihn weiter. »Du wirst doch nicht ernsthaft eifersüchtig sein. Auf Marleen?«

»Wenn du nicht riskieren willst, dass ich dir eine reinknalle, dann sei mal lieber still. Du bist zwar mein Bruder, aber ab und an nervst du mich gewaltig und gerade unterstellst du mir einen sehr miesen Frauengeschmack.«

Daniel war klug genug aufzuhören, das Gesagte zu ignorieren und hob ergebend die Hände.

»Friede und Whisky?«

»Das ist der erste vernünftige und sinnergebende Satz von dir am heutigen Abend«, erwiderte Dominik, inzwischen nicht mehr ganz so sauer.

7

~*~

»Unfassbar, dein Glück möchte ich haben«, sagte Caro schließlich. »Ich meine, dein Auto geht genau vor einer Burg kaputt und dann greifst du dir auch noch den Schlossherrn persönlich.«

»Ich greife mir gar nichts, ich möchte da arbeiten. Und so leid mir das für deine Träume tut, mehr wird da wohl auch nicht werden, denn der Schlossherr sieht zwar gut aus, das war es dann aber auch schon. Ein Mann, der mich bekommt, muss einschlagen wie eine Granate und mich umhauen.«

»Das hattest du schon und es ging schief«, kam es natürlich prompt vom anderen Ende der Leitung.

»War ja klar, dass das jetzt kommt«, stöhne Marleen innerlich auf. Manchmal war Caro ein echtes Trampel, was die Gefühle anderer anging. Natürlich mochte sie ihre Direktheit, aber ab und an sollte sie erst denken und dann reden.

»Na ist doch wahr! Vielleicht brauchst du etwas, was sich langsam entwickelt, wo die Gefühle erst entstehen, wenn man sich besser kennt«, ließ sie nicht locker.

»Aber ich will doch gar nicht, dass sich etwas entwickelt. Mir geht es gut so, wie es ist.«

Nachdem die beiden Männer verschwunden waren, hatte Marleen eine Weile gebraucht, um das Geschehene zu verarbeiten, dann einen Lachflash bekommen, weil ihr die Geschichte wohl sowieso niemand glauben würde und letztlich beschlossen, ihre beste Freundin anzurufen. Irgendwem musste sie das schließlich erzählen. Dass diese als ausgemachter Rosamunde Pilcher-Fan gleich die große Liebe sah, war nur die logische Folge gewesen. Da zählte auch nicht, dass Marleen fürs Erste den Männern abgeschworen hatte. Nicht für immer, so verbittert war sogar sie nicht und auf ihrer Rundreise hatte sie sich auch ab und an mal hinreißen lassen und eine heiße Nacht verbracht. Zu mehr fehlte ihr aber gerade jegliche Lust. Da hatte Jan tatsächlich ganze Arbeit geleistet.

Natürlich musste Marleen zugeben, dass die beiden Burgherren attraktiv und sehr charmant waren. Daniel hielt sie tatsächlich sogar für recht bodenständig, Dominik hingegen würde sie sofort als Casanova und somit in dieselbe Kategorie wie Jan einordnen: Er wusste genau, wie er aussah und was er machen musste, um Frauen in sein Bett und auch schnellstmöglich wieder hinaus zu bekommen. Dass die Damenwelt hingegen es ihm auch noch einfach machte, sobald er nur seinen adeligen Titel erwähnte, war ihr ebenfalls bewusst.

Für immer auf so einer Burg zu leben war sicher wunderbar, aber sie machte sich auch in diesem Punkt nichts vor. Das Erbe zu halten und zu organisieren war harte Arbeit und vom verträumten Burgfräuleindasein weit entfernt.

Von ihrem Fenster aus konnte sie direkt auf den Burghof schauen, der momentan leider in der Schwärze der Nacht versank, und sich ein wenig besser vorstellen, wie es früher einmal gewesen sein könnte.

Anfangs hatte sie Bedenken gehabt hier allein zu bleiben, doch Daniel versicherte ihr, dass der Nachtdienst seine Runden drehte, das Tor geschlossen war und ein Pförtner niemanden weiter hineinließ. Trotzdem wollte sie sich so schnell wie möglich eine eigene Wohnung suchen. Der Vorfall mit seinem Bruder hatte ihr gereicht.

Was, wenn noch andere Familienmitglieder plötzlich das Bedürfnis verspürten Burgluft schnuppern zu müssen? Irgendwie schienen ja sämtliche Leute einen Schlüssel zu besitzen und die Nutzung abzusprechen war auch unüblich. Aus welchem Grund hatte Daniel denn seinem Bruder nichts davon gesagt? Und was hieß eigentlich, dass sonst keine Frauen Zugang hätten? Wofür hielt er sie denn bitte?

Die beiden waren schon sehr speziell und Marleen nahm sich vor besonders achtzugeben, solange sie sie nicht wirklich einschätzen konnte.

»Also pass auf, ich habe am Wochenende Zeit und würde einen Teil meiner Sachen holen kommen. In den VW passt nicht so viel rein, aber Ludwig hat mir angeboten mitzukommen, sodass wir den Transporter der Werkstatt nehmen können. Jetzt bräuchte ich nur Leute, die helfen können und vorab bereits einiges in Kartons packen.«

Caro lachte leise.

»Was denn?«

»Du hörst dich irgendwie an, als wenn du schon ewig da leben würdest, als wenn alte Freunde dir helfen. Wer ist denn Ludwig?«

Marleen überlegte, doch genau so fühlte es sich auch an. Ludwig hatte ihr sofort Hilfe angeboten, sogar seine beiden großen Söhne wären mitgekommen.

»Naja, irgendwie ist das hier auch so. Jeder kennt jeden und man hilft sich untereinander. Ludwig hat im Übrigen mein Auto repariert, ihm gehört hier die Werkstatt.«

»Ist es wirklich das, was du willst?«

Auch wenn Caro direkt war, sie stellte immer die richtigen Fragen, denn genau darüber hatte sich Marleen die letzten Nächte den Kopf zerbrochen.

»Ja, es ist genau das. Die Großstadt ist mir zu anonym geworden. Natürlich nicht ihr und auch nicht der Kiez, da kennt man sich ja. Aber der Rest, in der Bahn oder im Supermarkt.«

»Hm«, machte Caro nur. »Ist es nur eine Flucht? Weil du Angst hast Jan zu begegnen?«

»Ja und nein, denke ich«, gab Marleen zu. »Hör mal, ich weiß, dass das gerade schwer ist und ich hätte auch nie gedacht, dass dieses Kleinstadtding mein Ding werden könnte. Vielleicht ist es das auch nicht und ich steh in einem halben Jahr vor deiner Tür. Aber ich will es probieren, denn im Moment fühlt es sich genau richtig an. Vielleicht war die Panne auch Fügung oder Schicksal, ich kann es nicht sagen. Ich möchte nur nicht, dass du sauer oder traurig bist.«

»Oh nein!«, wiegelte Caro sofort ab. »Das bin ich doch nicht, im Gegenteil, ich freu mich doch für dich. Du klingst irgendwie glücklich. Ist verrückt, aber Tatsache.«

»Ich hab dich lieb, Maus. Aber ich muss jetzt auflegen. Morgen früh beginnt mein Frondienst«, witzelte Marleen, um die melancholische Stimmung, die sich über das Gespräch gelegt hatte, zu vertreiben. Caro ging zum Glück sofort drauf ein.

»Na dann, Magd. Ab in dein Bett und mach mir morgen keine Schande!«

»Ich hoffe mal, dass ich das hinbekomme. Diese ganzen Adelstitel kann doch kein Mensch auseinanderhalten.«

»Das wirst du sicher auch nicht an einem Tag lernen müssen. Kopf hoch, du schaffst das! Und nun schlaf gut.«

Damit legte Caro auf und Marleen kroch in das übergroße und kuschelweiche Bett, schlief sofort ein und wurde tatsächlich erst wach, als der Wecker am nächsten Morgen klingelte.

~~~

»Kommst du mit ins Büro? Dann kann ich dir mal die Baupläne zeigen, wir könnten die Finanzierung noch mal durchgehen. Ich würde gern deine Meinung dazu wissen.«

»Ja, klar. Wenn ich schon mal hier bin«, grinste Dominik.

»Finger weg, ich rate es dir!«, warnte Daniel noch einmal ausdrücklich. »Es ist Marleens erster Tag, du wirst nett und freundlich sein, ansonsten hältst du dich zurück. Egal was du gerade über sie denkst.«

»Keine Sorge, diese Assistentin hast du ganz für dich allein und ich werde überaus freundlich sein.«

Der Sarkasmus tropfte förmlich aus Dominiks Stimme.

Als die beiden Männer das Büro betraten, saß Marleen bereits bei Nadja. Sie hatten beide eine Kaffeetasse in der Hand und unterhielten sich.

»Guten Morgen«, begrüßte er sie. »Wie ich sehe, habt ihr euch schon kennengelernt. Dann kann ich mir die Vorstellung ja sparen.«

»Guten Morgen. Auf dem Schreibtisch liegt die Post. Ihr Onkel hat vor etwa einer Stunde angerufen und wollte Sie noch mal wegen der Ausstellung sprechen und das Catering braucht genaue Informationen über die Gästezahl und die Buffetwünsche«, ratterte Nadja die Ereignisse des Morgens herunter. »Ansonsten läuft bisher alles nach Plan, wir haben zwei Trauungen und nur eine größere Reisegruppe am Nachmittag.«

»Hallo die Damen!«, trat nun auch Dominik hinzu und augenblicklich setzte sich Daniels Sekretärin gerader hin, schlug ein Bein über das andere, wobei versehentlich der Rock ein wenig nach oben rutschte.

Daniel rollte mit den Augen, denn das Schauspiel kannte er bereits. Dominik hingegen ging natürlich darauf ein, auch wenn Nadja zum Glück nicht seiner normalen Beute entsprach und er auch von seiner Sekretärin wusste, dass es nur ein Spiel für sie war. Nadja war clever genug die Finger von seinem Bruder zu lassen.

Marleen saß daneben und sah neugierig von einem Beteiligten zum anderen, versuchte sich anscheinend ein Bild von der Situation zu machen.

»Marleen, könnten Sie mit ins Büro kommen? Ich glaube, wir haben genügend zu besprechen.« Daniel nickte in Richtung Tür und sie sprang regelrecht auf.

»Danke für den Kaffee, Nadja.«

»Aber klar, immer gern.«

Daniel war es ganz recht, dass Dominik sich zu Nadja setzen wollte, so konnte er in Ruhe die vertraglichen Angelegenheiten mit Marleen klären.

»Haben Sie gut geschlafen? Ich wollte mich noch mal für gestern entschuldigen. Ich hatte keine Ahnung, dass Dominik die Wohnung benötigt.«

»Kein Problem, alles in Ordnung«, winkte Marleen ab. »Im Übrigen habe ich sehr gut geschlafen, vielen Dank. Ich werde mich dennoch so schnell wie möglich um eine eigene Wohnung bemühen.«

»Lassen Sie sich Zeit, es eilt nicht.«

»Am Wochenende würde ich gern ein paar meiner Sachen aus Berlin holen, Ludwig hat mir Hilfe angeboten. Wäre das in Ordnung oder steht etwas an, sodass ich helfen müsste? Ich habe nur eben keine passende Kleidung dabei«, wies sie sogleich auf ihren einfachen, übergroßen Pullover und die ausgewaschene Jeans hin. Ihm war schon klar gewesen, dass sie sich auf die Schnelle keine passende Bürogarderobe organisieren konnte, das musste sie auch gar nicht. Schließlich waren die ersten Tage sowieso für die Einweisung in den Job gedacht und es standen keine offiziellen Termine an.

»Nein, nur der ganz normale Wahnsinn eben«, lächelte Daniel. »Sie können ruhig fahren.«

»Sehr schön, danke.»

Marleen hatte sich auf seinen Wink hin auf einen der beiden Stühle, die vor seinem Schreibtisch standen, gesetzt und nestelte nervös an ihrem Pullover.

»Sie müssen nicht aufgeregt sein. Die ersten Tage laufen Sie nur bei mir mit und schauen sich alles an. Ich werde viel erklären, fragen Sie nach, wenn etwas unverständlich ist.«

Daniel holte die vom Anwalt vorbereiteten Papiere aus seiner Tasche und legte mehrere Exemplare vor ihr auf den Tisch.

»So, das wäre dann Ihr Arbeitsvertrag. Lesen Sie ihn sich gut durch, auch hier gilt: Fragen Sie, wenn etwas nicht stimmen oder unklar sein sollte. Sie können es auch gern einem eigenen Anwalt vorlegen oder jemand anderen darüberlesen lassen.«

»Das ist schon okay, denke ich«, erwiderte Marleen. »Das Wesentliche hatten wir ja geklärt und ich gehe davon aus, dass es auch genauso da drinsteht. So als Edelmann sollte man ja wohl ein wenig Ehre besitzen.« Sie zwinkerte ihm zu, nahm dann einen Stift und setzte ihre Unterschrift unter die Verträge.

»Vielen Dank!«

Daniel unterschrieb ebenfalls, dann händigte er ihr ein Namensschild aus, welches sie als Mitarbeiterin der Burg auswies, und einen ganzen Bund an Schlüsseln.

»Nicht erschrecken, aber die sind in der Tat wichtig. Damit kommen Sie zu allen wichtigen Räumlichkeiten, egal ob Museum, Burgkapelle oder auch hier ins Büro. Wie schon gesagt, Sie werden meine zweite Hand sein.«

»Okay«, stimmte Marleen zu. »Ich denke, das bekomme ich hin.«

Die Tür öffnete sich, Dominik trat ein und ging direkt zu Marleen.

»Es tut mir außerordentlich leid, dass unser Kennenlernen gestern so abrupt enden musste«, begrüßte er sie gespielt charmant.

Doch diese zog sehr zu Daniels Freude nur eine Augenbraue hoch und musste augenscheinlich einen bissigen Kommentar hinunterschlucken. Wenn er es richtig interpretierte, dann hätte sein Bruder hier ohnehin keine Chance. Warum er es allerdings überhaupt probierte, wo sie doch absolut nicht seinem Geschmack entsprach, verstand er nicht.

»Nun ja, ich hätte mir wohl auch ein anderes ...«, Marleen machte eine Pause und sah ihn vielsagend an. Dominik schien sich seines Charmes sicher. »... professionelleres Aufeinandertreffen gewünscht, aber man kann nicht alles haben im Leben. Ich denke, wir sind ja erwachsene Menschen und stehen da drüber.«

Dominiks Mimik fiel beinahe in sich zusammen, Daniel versuchte das Lachen hinter einem Husten zu verstecken, Marleen lächelte noch immer zuckersüß und gespielt schüchtern. Die Situation war einfach zu gut, Daniel hätte Marleen am liebsten gratuliert. Seinen Bruder einmal mundtot zu sehen, wenn auch nur für Sekunde, war grandios.

»Da wir das nun geklärt hätten«, begann er, »müssten wir uns den wirklich wichtigen Dingen zuwenden. Das Catering braucht endlich Informationen.«

»Also wenn es okay ist, könnte ich mich vielleicht darum kümmern. Ich brauche nur Unterlagen über vergangene Veranstaltungen und die Gästeliste und speziellere Wünsche«, schlug Marleen vor. »Und einen Schreibtisch«, lächelte sie verschämt und sah sich zögerlich um.

»Ja natürlich, das hatte ich völlig vergessen. Kommen Sie mit!«, antwortete Daniel, ärgerte sich gleichzeitig über seine eigene Dummheit. Er ging voraus, um Nadjas Schreibtisch herum und öffnete eine weitere Tür.

Das Büro war ein wenig kleiner als seins, mittig stand ebenfalls ein Schreibtisch mit passendem Stuhl dahinter. Rechts waren deckenhohe Regale angebracht, teilweise mit Ordnern bestückt. Auf der linken Seite ließen zwei Sprossenfenster Licht hinein.

»Sie können es sich natürlich so stellen, wie Sie möchten«, erklärte er. »Sagen Sie einfach jemandem aus unserem Hausmeisterteam Bescheid, die helfen gern.«

»Okay, das mach ich, danke.«

Marleen drehte sich einmal um die eigene Achse und lächelte. »Ich mag es sehr.«

»Das ist ein guter Anfang. Das Catering muss doch noch warten, erstmal bekommen Sie jetzt eine ordentliche Einweisung und ein Haustelefon, sämtliche Nummern und ich werde Sie der Belegschaft vorstellen«, beschloss er. »Dominik?«

Damit ging er hinüber zu seinem Bruder. Wenn dieser schon mal hier war, könnte er sich auch nützlich machen.

»Ich muss Marleen jetzt herumführen, du könntest also gleich einmal die Bauunterlagen durchgehen. Nadja gibt sie dir gern raus, auch die Ordner mit der Finanzierung kann sie dir zeigen. Wir wollten uns ja sowieso die nächsten Tage treffen und alles durchgehen, so spare ich mir einen Weg. Außerdem kennst du dich wesentlich besser damit aus, du hattest ja auch die Gespräche mit der Bank geführt. Ich denke, ich bin in einer Stunde zurück, dann könnten wir die letzten Details klären.«

Er konnte sehen, dass Dominik protestieren wollte, ließ es aber bleiben. Wahrscheinlich wollte er sich vor Marleen nicht die Blöße geben. Für gewöhnlich wickelte er Frauen um den kleinen Finger, doch ihre Reaktion hatte ihn sichtlich beeindruckt ... oder geschockt.

Daniel hingegen war sehr zufrieden mit seiner Entscheidung Marleen einzustellen.

8

~*~

Nach nicht ganz zwei Stunden Burgführung schwirrte Marleen der Kopf. Sie hatte so viele Hände geschüttelt, dass sie sich nicht einmal von der Hälfte dieser Menschen den Namen merken konnte. Zudem knurrte ihr Magen, weil sie aus reiner Nervosität heute Morgen nichts essen wollte, obwohl Daniel ihr angeboten hatte im Hotel zu frühstücken.

»Oh je, tut mir leid, dass es nun doch so lange gedauert hat. Aber Sie verstehen nun sicher, warum ich unbedingt eine fähige Assistentin brauche«, kommentierte Daniel das Ganze mit einem Blick auf seine Uhr.

Oh ja, sie verstand. Sage und schreibe acht Mal musste Daniel unterbrechen, weil sie an anderer Stelle gebraucht wurden oder aber sein Handy klingelte. Zwar lernte sie so gleich die Burg und ein paar Geheimwege und Abkürzungen kennen, doch alleine würde sie sich sicher noch immer verlaufen. Außerdem war ihr schnell klargeworden, dass es hier an der Organisation haperte.

»Ich denke, wir lassen die vielen Eindrücke wirken und gehen frühstücken. Was halten Sie davon?«

»Ja, sehr gern. Ich bin mit leerem Magen nicht unbedingt lernfähig.«

In der Tat war Marleen im alten Job dafür bekannt gewesen, dass sie immer mindestens einen Schokoriegel einstecken hatte und auch sonst des Öfteren in der Küche zu finden war. Gewichtsprobleme kannte sie dank der vielen Bewegung nicht.

»Das will ich natürlich nicht riskieren.«

»Was willst du nicht riskieren?«, hörten sie Dominiks Stimme von hinten.

»Du kommst genau richtig, wir wollten etwas essen gehen. Kommst du mit?«

»Klar, du hast mich ja mit den Plänen und den Zahlen allein gelassen. Ich kann dich aber beruhigen, es passt alles soweit und die Finanzierung steht, ich hab sogar schon eben mit der Bank gesprochen.

Auch die Zahlungen vom Land sind genehmigt.«

»Perfekt, ich wusste doch, dass es sich lohnt dich da dranzusetzen«, grinste Daniel und schlug seinem Bruder spielerisch auf die Schulter.

Marleen hingegen wusste nicht so recht, wo sie hinsehen sollte. Dominik sprach zwar mit Daniel, sie spürte seinen bohrenden, nicht unbedingt freundlichen Blick aber unentwegt auf sich und das machte sie nervös. Seine stechend blauen Augen hatte sie bereits gestern bemerkt, als er ihren nackten Körper unter dem Handtuch förmlich scannte. Ob es ihm gefallen hatte oder nicht, konnte sie nicht beurteilen, es war ihr allerdings auch herzlich egal.

Eine Sekunde lang überlegte sie eine Ausrede zu erfinden und das Frühstück ausfallen zu lassen, doch da ihr Bauch erneut eindringlich nach Nahrung verlangte, blieb ihr nichts anderes übrig, als den Männern zu folgen.

Gerade als sie genüsslich in ihre zweite Brötchenhälfte beißen wollte, sprach Dominik sie an.

»Mein Bruder erzählt ja nicht viel, daher muss ich Sie nun ausfragen. Was haben Sie vorher gemacht? Und warum sind Sie überhaupt hier gelandet?« Arrogant lehnte er sich in den Stuhl zurück. Doch Marleen ließ sich nicht einschüchtern.

»Naja, also ich habe bis vor einem Jahr etwa in Berlin in einem kleinen Sternehotel gearbeitet, bin also durchaus Menschen mit den unterschiedlichsten Wünschen und Ansprüchen gewöhnt. Ich spreche fließend Englisch und ein wenig Französisch und Spanisch. Gelandet bin ich hier, weil mein Auto streikte und da die Reparatur länger dauerte, hatte ich eine Wanderung zur Burg gemacht.«

Marleen zuckte als Zeichen, dass es da nicht mehr zu erzählen gäbe und der Rest der Geschichte ja bekannt war, mit den Schultern und wollte gerade ins Brötchen beißen, als Dominik erneut nachfragte. Genervt ließ sie das Brötchen wieder auf den Teller sinken.

»Und Sie wollen nicht zurück nach Berlin? Haben Sie gekündigt oder wurden Sie gekündigt?"

»Dominik!«, ermahnte ihn sein Bruder, doch der reagierte gar nicht.

Marleen hatte nichts zu verbergen, aber ihr Privatleben ging ihn trotzdem nichts an.

»Ich habe gekündigt aus privaten Gründen, dann war ich eine Weile in Europa unterwegs, wollte zurück nach Berlin und da neu anfangen. Familie habe ich keine mehr, sodass ich frei entscheiden kann, was ich mache«, antwortete sie ruhig, stellte aber auch subtil klar, dass das Verhör beendet ist und sie zu Ende frühstücken möchte. Dominiks Unmut darüber war allerdings ebenfalls spürbar, auch wenn

Daniel mit Blicken zu signalisieren versuchte, dass er sich beherrschen soll. Es funktionierte nicht.

»Sie müssen meine Fragen entschuldigen, aber es gab schon genügend Vorgängerinnen, die andere Absichten hegten und diesen oder auch einen anderen Job auf der Burg nur annahmen, um dem Titel einer Gräfin ein wenig näher zu kommen.«

»Darüber brauchen Sie sich keine Sorgen zu machen«, erwiderte Marleen, zweifelte allerdings gerade an seinem Verstand. Glaubte er wirklich, Daniel würde sich von einer Frau wie ihr überrumpeln lassen? »Soweit ich weiß, wurde die Monarchie vor langer Zeit abgeschafft und Titel sind nunmehr Schall und Rauch. Ich für meinen Teil bin sowieso Nichtraucher.«

Daniel verschluckte sich an seinem Kaffee und musste husten, sodass Marleen ihm eine Serviette reichte, die er dankend annahm.

Dominiks Augen verengten sich zu Schlitzen und wären sie in einem Trickfilm, würden aus seinen Ohren jetzt sicher kleine Rauchwölkchen aufsteigen.

Leider verfestigte sich dieses Bild vor Marleens Augen und sie begann ebenfalls zu glucksen, konnte sich aber gerade noch rechtzeitig, eine Entschuldigung murmelnd, auf die Toilette retten. Dass die hier anwesenden Frauen sie ebenfalls verwirrt ansahen, war ihr egal. Sie prustete los vor Lachen.

Das Bild würde sie wohl nie wieder loswerden.

~~~

»Da hat wohl jemand seinen Meister gefunden oder sollte ich lieber seine Meisterin sagen«, zog Daniel ihn auf.

Dominik schmollte tatsächlich noch immer, auch als sie bereits wieder im Büro saßen, Marleen sich mit den Ordnern zu vergangenen Veranstaltungen, deren Abläufen und den Gästelisten in ihr Büro geschlichen hatte.

Diese Frau arbeitete nicht mal einen Tag hier und trieb ihn schon jetzt zur Weißglut mit ihrer Schlagfertigkeit. Mittlerweile hasste er seinen Bruder dafür, denn der genoss es viel zu sehr.

»Nun komm mal wieder runter«, lachte Daniel noch immer. »Da gibt dir eine Frau einmal Konter und fällt nicht deinem Charme zum Opfer und du bist gleich eingeschnappt. Ich dachte, sie wäre sowieso nicht dein Typ.«

»Ich bin nicht eingeschnappt, was ist das überhaupt für ein Wort?«, grummelte Dominik weiter.

»Es beschreibt genau das, was du gerade bist. Angepisst trifft es auch, nur mag ich dieses Synonym nicht.«

»Vielen Dank für die Erläuterung, Herr Oberlehrer. Mir scheint, dir geht es dabei viel zu gut.«

»Ja, geht es«, gab Daniel unumwunden zu. »Ich finde, es tut dir sehr gut, dass dich mal wer in die Schranken weist.«

»Als wenn ich mich so dermaßen danebenbenehmen würde«, konterte Dominik empört.

»Nein, das vielleicht nicht. Aber du hältst dich meiner Meinung nach viel zu oft für den Nabel der Welt und meinst alles zu wissen und zu können. Aber bei Marleen beißt du auf Granit und das ist gut so, denn nach genau so einer Assistentin habe ich gesucht. Jetzt muss ich mir nämlich keine Sorgen machen, wenn ich mal auf Geschäftsreise oder generell abkömmlich bin, dass du sie ins Bett zerrst und ihr den Kopf verdrehst, sodass sie ihren Job nicht mehr vernünftig machen kann und hier alles drunter und drüber geht.«

Dominik schnaufte nur abfällig und verabschiedete sich, um noch eine Runde durch die Burg zu drehen. Auf derartige Diskussionen hatte er gerade keine Lust, zumal ihm in letzter Zeit zugegebenermaßen Ähnliches im Kopf herumging.

Der Burgfried, die letzte Sicherungsmöglichkeit für die damaligen Burgbewohner, war sein Ziel. Er war nicht für die Öffentlichkeit zugänglich, doch schon als Kinder verbrachten Daniel und er sehr gern Zeit hier oben. Sie stellten sich vor, sie wären Ritter und würden ihren Besitz verteidigen. Mit selbstgebastelten Schwertern aus Holz und Pappe kämpften sie gegen imaginäre Angreifer und fiese Zauberer. Zickige Burgfräulein kamen da zum Glück noch nicht vor und Dominik stellte fest, dass das Leben damals viel einfacher gewesen war.

Erst als die Frauenwelt auf sie aufmerksam wurde, veränderte sich das. Wie oft war er hier oben gewesen, um heimlich ... wahrscheinlich viel zu oft. Über sich selbst lächelnd, kletterte er die letzte Stiege hoch.

Hier sah es fast genauso aus wie früher, es roch nach altem Holz und Stein. Vögel nisteten unter dem Holzdach, welches schon unzählige Male erneuert worden war.

Er setzte sich und, angelehnt an einen Holzpfeiler, ließ er seine Gedanken fliegen.

Nahm er sich wirklich zu wichtig? Natürlich war Dominik selbstbewusst, das musste er auch sein, sonst hätte er keine erfolgreiche Firma, mit deren Einnahmen er ja auch das Familienerbe unterstützte. Er wusste, dass er bei den Frauen gut ankam und was er tun musste, um an sein Ziel zu kommen. Für gewöhnlich jedenfalls. Doch was war falsch daran? Sie waren schließlich alle erwachsen und er machte nie falsche Versprechen.

Bei Marleen käme er so allerdings nicht weit, das war ihm klar. Jedoch war das unerheblich, denn dieses Problem stellte sich ja gar nicht, da sie seinem bevorzugten Frauentyp nicht mal in Ansätzen entsprach. Sie war sicher auch irgendwie hübsch ... auf ihre Art und Weise, allerdings zu unscheinbar für seinen Geschmack.

So war sein Bruder jedoch auf der sicheren Seite. Dieses Mal müsste er nicht befürchten, dass Dominik ihm seine Assistentin ausspannen oder vielmehr vertreiben würde.

Warum aber ging es ihm dann so dermaßen gegen den Strich, dass sie seinem Charme nicht erlag? Es könnte ihm doch vollkommen egal sein? Hatte sein Ego es denn so bitter nötig bei jeder Frau zu landen? Ziemlich armselig, gestand er sich ein.

9

~*~

Die erste Arbeitswoche hatte Marleen erfolgreich bewältigt und sich sogleich einen Namen gemacht. Da sie ihrem alten Schema einfach nicht untreu werden konnte, war sie Dauergast in der Küche des Hotels. Natürlich nur, damit sie sich um die Vorbereitungen und die Planungen fürs Catering kümmern konnte. Dazu gehörte stets eine kleine Verkostung, schließlich musste sie ja wissen, was sie den Gästen anbieten würde.

Mit dem Küchenchef verstand sie sich auf Anhieb super und auch der Rest der Belegschaft war sehr nett. Daniel hatte ihr die Buffetplanung dankend überlassen, nur bei der finalen Absprache in der kommenden Woche wollte er dabei sein.

Nun war sie zusammen mit Ludwig auf dem Weg nach Berlin, um einen Teil ihrer Sachen zu holen. Für ihre Rundreise durch Europa hatte sie natürlich eher bequeme und praktische Kleidung eingepackt. Nun brauchte sie aber etwas businesstauglichere Sachen, ein paar Blusen, Röcke und Hosen. Zum Glück war das alles noch vorhanden.

»Wie gefällt Ihnen der Job?«, fragte Ludwig, als sie eine Pause auf einem kleinen Rastplatz einlegten.

»Es macht sehr viel Spaß und Daniel, also der Graf, ist sehr nett und geduldig. Ich hatte schon Angst, meine vielen Fragen würden ihm auf den Nerv gehen.«

»Oh nein, er ist eine Seele von Mensch. Aber er kann sich auch durchsetzen«, erklärte Ludwig. »Wir, also Erika und ich, kennen die beiden Grafen schon, seit sie Kinder waren. Die zwei hatten es faustdick hinter den Ohren.«

Marleen musste lachen. Das passte auch zu ihrer Einschätzung.

»Und ... naja ... er ist noch Single. Leider hat sich bisher keine passende Gräfin gefunden.«

Ludwig schaute vorsichtig über seine Kaffeetasse hinweg zu Marleen, die im ersten Moment gar nicht begriff, was er meinte. Erst, als er sie weiterhin ansah, verstand sie.

»Oh nein, das schlagen Sie sich mal ganz schnell aus dem Kopf!«

»Aber er sieht doch gut aus und ist charmant und auch noch ein Graf ...«

»Ludwig, ich warne Sie ... «, unterbrach Marleen ihn. »Wenn Sie noch irgendwem diese Flausen ins Ohr setzen. Aber nein, die Idee kommt nicht von Ihnen, oder? Das war Erika ...«

Ludwigs schuldbewusstes Grinsen war Antwort genug.

»Diese Idee schlagen Sie sich beide ganz schnell aus dem Kopf. Ich bin keine Gräfin und werde auch keine werden. Ich arbeite auf der Burg, mehr nicht.«

»Das eine muss ja das andere nicht ausschließen. Aber auch wenn ich es schade finde, Sie müssen das ja entscheiden.«

Ludwig wirkte ein wenig zerknirscht, doch darauf konnte Marleen keine Rücksicht nehmen. Musste sie denn jeder verkuppeln wollen?

Die restliche Fahrt unterhielten sie sich über belanglose Dinge, Marleen erfuhr einiges über den Ort und ein paar witzige Anekdoten aus Ludwigs Werkstatt. Über die beiden Burgherren verlor er zum Glück kein weiteres Wort.

Caro und ein paar ihrer Freunde hatten ganze Arbeit geleistet und den Großteil der Sachen bereits in Kartons und Tüten verteilt.

Marleen würde sowieso nur ihre Kleidung und natürlich alle privaten Dinge mitnehmen. Ein paar Tassen, an denen sie hing, und das Porzellan ihrer Eltern kamen ebenfalls mit. Alles andere würde die Nachmieterin übernehmen und zahlte dafür sogar recht gut, sodass sich Marleen, sollte sie zeitnah eine eigene Wohnung beziehen, ohne Probleme neue Möbel leisten konnte. Es war ihr sogar sehr recht, denn so könnte sie einen kompletten Neustart angehen und sämtliche Erinnerungen an Jan vernichten. Ludwig hatte angeboten, bis dahin die Kisten bei sich in der Garage einzulagern.

»Hier, ich habe drauf achtgegeben«, sagte Caro und hielt ihr die Kette mit dem silbernen Medaillon ihrer Oma vor die Nase.

»Ich danke dir.« Marleen legte sie sich sofort um. »Ich glaube, sie wäre ziemlich stolz auf mich, meinst du nicht?«

»Ja, da bin ich sicher«, stimmte Caro ein und nahm ihre Freundin in den Arm.

»Schade, dass wir gar keine Zeit haben zum Abschied feiern.«

»Aber das ist doch gar keiner, wir können uns besuchen und per Handy sind wir doch sowieso immer in Kontakt.«

»Ja, aber ich kann mal nicht so einfach nach dem Büro bei dir einfallen und spontan ins Kino geht auch nicht.«

»Wann waren wir denn mal spontan im Kino?«, lachte Marleen. Caro war kein wirklicher Filmfreak, sie liebte Serien und die kamen für gewöhnlich im Fernsehen.

»Ich meine ja nur, rein hypothetisch«, verteidigte diese sich.

»Ah, also rein hypothetisch gibt es im Nachbarort ein Kino und wenn du mich mal besuchen kommst, dann verspreche ich dir, schauen wir uns einen Film an«, zog Marleen sie auf, was ihr einen kleinen Hieb auf den Oberarm einbrachte.

»Du machst dich lustig«, protestierte Caro, musste über ihre Logik aber selbst lachen.

»So, ich denke, wir haben alles verstaut, der Transporter ist voll, würde ich sagen.« Ludwig hatte eben die letzte Kiste ins Auto getragen und war noch einmal nach oben gekommen, um sicherzugehen, dass nichts fehlte.

»Okay, also die Verträge schickst du mir dann zu und du kannst deiner Freundin die Schlüssel geben. Mit dem Vermieter ist auch alles abgesprochen, der ist ziemlich glücklich damit, dass er keinen neuen Mieter suchen musste«, erklärte Marleen. »Sollte ich etwas vergessen haben oder sollte mir etwas einfallen, würde ich dir Bescheid geben und du bewahrst alles auf, bis wir uns das nächste Mal sehen, was ja hoffentlich nicht so lange hin ist.«

»Ganz sicher nicht«, stimmte Caro zu und sie gingen gemeinsam die Treppen nach unten und zum Auto. »Ich will mir doch den Burgherrn ansehen, der es geschafft hat, dich aufs Land zu locken.«

Hinter den beiden räusperte sich Ludwig, was einen bösen Blick von Marleen zur Folge hatte. Anscheinend kannte er das bereits von Erika, denn ohne einen weiteren Kommentar stieg er ein.

»Ihr seid doch alle echt unmöglich. Ich will keinen Grafen, ich will gerade überhaupt gar keinen Mann«, stellte Marleen noch einmal klar und hoffte, dass dies nun auch endlich mal bei ihrer Freundin ankam.

»Schon gut, das war doch nur ein Scherz«, beschwichtigte sie auch sofort. »Du machst das schon ganz richtig, jetzt bist du an erster Stelle.«

Die Freundinnen umarmten sich, Marleen stieg ein und Ludwig startete den Wagen. Nur das breite Grinsen konnte er sich nicht verkneifen. Dieses Mal allerdings ignorierte Marleen die Anspielung.

~~~

»Ich schwöre, wenn noch einer aus meiner Verwandtschaft der Meinung ist, dass sein Tischpartner seiner nicht würdig wäre, drehe ich demjenigen persönlich den Hals um!«, schimpfte

Daniel lautstark und knallte den Ordner mit den Planungen zum Festessen anlässlich der Ausstellungseröffnung auf Marleens Schreibtisch.

Jedes Jahr wurde das Frühjahr in dieser Art hier eingeläutet: Frühlingserwachen, stets ein Ereignis auf der Burg und auch immer Anlass zum Streit. Daniel hasste es.

Die Exponate für die Ausstellung waren letztlich alle pünktlich eingetroffen, aber auch nur, weil er gedroht hatte diverse Leute wieder auszuladen.

Dieses Jahr drehte es sich um das 150-jährige Jubiläum der Burg Steinthal und war somit etwas Besonderes. Alte Gemälde, sogar Baupläne konnte man auftreiben. Kleider von Prinzessinnen und Möbelstücke, die im Privatbesitz einiger Familienmitglieder waren, wurden gern ausgeliehen.

Zur Feierlichkeit selbst wurde der alte Ballsaal hergerichtet, in der Mitte stand die lange Tafel, die tatsächlich zu besonderen Anlässen immer wieder mal genutzt wurde.

Sie rechneten mit fünfzig Gästen, darunter auch der Minister mit seiner Frau, natürlich Verwandte und engste Freunde, aber auch fünfzehn bürgerliche Gäste, die die Teilnahme an der Feier gewonnen hatten.

Dies war eine Idee zum Weihnachtsfest im letzten Jahr gewesen und sehr gut angekommen. Daniel wollte die Burg für alle öffnen und zugänglich machen, nur sahen einige Mitglieder seiner Familie dies eben anders.

»Na dann zeigen Sie mal her, so schlimm kann es nicht sein«, lachte Marleen, da Daniel sich gerade regelrecht auf einen der Stühle hatte fallen lassen. Er war einfach nur gefrustet: Die ganze Zeit über scherte es niemanden, wie die Burg sich erhalten lässt, aber zur Feierlichkeit wollen alle kommen und stellen auch noch Ansprüche.

Marleen überflog schnell den Plan und die Mail, die er ausgedruckt und ihr mit hingelegt hatte, in der sich seine Großcousine mütterlicherseits darüber ausließ, dass sie neben einem Niemand, wie sie es nannte, sitzen musste. Dass dieser Niemand die Burg beinahe täglich besuchte und somit wesentlich mehr zu deren Erhalt beitrug als sie selbst, störte sie wenig.

»Was ist denn, wenn wir sie und ihren Partner dann einfach ans andere Ende der Tafel setzen? Dann haben wir zwar hier mehrere Gewinnerpaare nebeneinander, aber vielleicht ist das auch gut so. So ergeben sich Gesprächsthemen.«

Daniel kam um den Schreibtisch herum und besah sich den Vorschlag.

Er hatte schlicht und einfach keinen Nerv mehr dafür und so sehr er Burg Steinthal liebte, dieses Fest sollte endlich vorüber sein, Ruhe und der alltägliche Touristentrubel einkehren. Wieder einmal war er mehr als dankbar Marleen an seiner Seite zu haben, die diese ganzen kleingeistigen Probleme wie aus dem Nichts und mit Leichtigkeit löste.

»Das könnte gehen, eine andere Möglichkeit haben wir ja kaum.«

»Naja, wenn wir von der langen Tafel abweichen und stattdessen runde Tische nehmen würden, wäre es einfacher«, warf Marleen ein.

»Aber nicht mehr Tradition.«

»Ich weiß.«

»Ist es denn so schwer, mal einen Abend für nur wenige Stunden den Adelsstatus abzulegen und sich wie ein normaler Mensch zu benehmen?«

»Da fragen Sie die Falsche«, erklärte Marleen schulterzuckend. »Ich bin ja dankbar, dass ich nicht mit dabei sein muss und das Ganze aus dem Hintergrund betrachten kann.«

»Ja, aber auch nur, weil Sie erst kurze Zeit hier sind«, grummelte Daniel, doch ein Lächeln schmälerte seine Kritik. »Beim nächsten Mal kommen Sie mir nicht davon. Sie gehören nun zum Inventar.«

»Danke, aber das ist gar nicht nötig«, antwortete Marleen gespielt hochnäsig.

Inzwischen kam sie sehr gut mit seinem Sarkasmus klar und konnte ihm teilweise sogar Paroli bieten.

Er hätte sie wirklich gern an seiner Seite gehabt, wollte ihr jedoch seine Verwandtschaft ersparen. Womöglich müsste er sich danach erneut eine

Assistentin suchen. Zumal sie natürlich recht hatte und einer die Veranstaltung im Hintergrund überwachen sollte. Er konnte dies als Gastgeber und Burgherr schlecht übernehmen, Dominik drückte sich mal wieder erfolgreich. Er war angeblich im Ausland unterwegs und hatte sich seit Tagen nicht gemeldet.

Daniel hoffte, dass sein Bruder wenigstens zum Beginn der Bauarbeiten am Turm in einigen Wochen anwesend sein würde, auch wenn er offiziell natürlich nicht als Teilhaber, Sponsor oder überhaupt als Beteiligter in der ganzen Sache genannt werden wollte.

Natürlich hielt sich die Burg nicht allein dadurch über Wasser. Eine große Obstplantage samt Mosterei und Destillerie gehörten seit Anbeginn dazu, doch für diese waren Verwalter eingestellt, denen Daniel blind vertrauen konnte. Zahlreiche Apfel- und Birnenbäume waren am Fuße des Burgbergs auf dessen Sonnenseite zu finden und blühten bald in zartem Rosa und Weiß. Wie jedes Jahr hofften sie auf einen guten Sommer und reiche Ernte. Das Klima hier war sicher nicht perfekt für den Obstanbau, doch es war Tradition und letztlich ein Zubrot, welches sie gut gebrauchen konnten. Dazu kam nun seit Kurzem die Destillerie, deren Obstbrand inzwischen in ganz Deutschland bekannt und begehrt war und von dem er hoffte, dass er die Burg europaweit präsentieren könnte.

Daniel war sich trotz allem bewusst, dass er es ohne zusätzliche Hilfe von Dominik wesentlich schwerer hätte, das Familienerbe zu erhalten. Auch wenn sie oftmals unterschiedlicher Meinung waren, was das Eingehen diverser Risiken anging.

10

~*~

So langsam hatte Marleen den Dreh raus, welcher aus der Verwandtschaft der Steinthals mit seinem Adelstitel angesprochen werden wollte und wer nicht. Sie wusste, welche Dame sehr viel Wert auf Etikette legte und mit welcher man ein wenig lockerer umgehen konnte. Sie hatte inzwischen einige Abläufe umstrukturiert und auch im Büro kam so langsam System in die Unterlagen, sehr zu Nadjas Freude.

Seit ein paar Minuten lief der Festakt zur Ausstellungseröffnung und sie stand hinter einem

Pfeiler verborgen und beobachtete das Geschehen. Der Chor des hiesigen Gymnasiums hatte ein paar passende Lieder einstudiert und Schüler aus der Musikschule würden gleich ein Stück für Flöte und Klavier vortragen. Danach wollte Daniel eine kleine Rede halten, dann kam der Empfang im Schlosshof und später das Abendessen im Ballsaal.

Marleen verfluchte sich, weil sie sich heute Morgen für ihre höheren Pumps entschieden hatte und ihre Füße bereits jetzt weh taten. Aber diese passten nun mal am besten zum hellblauen Kostüm und sie wollte ein ordentliches Bild abgeben. Schließlich waren auch Graf und Gräfin von Steinthal-Heusser, Daniels Eltern, anwesend.

Nur sein Bruder hatte weder auf die Einladung reagiert noch abgesagt. Marleen wunderte sich zwar, prinzipiell war es ihr aber ganz recht und das letzte Zusammentreffen noch ganz gut in Erinnerung. Nur für Daniel tat es ihr leid, denn bei ihm blieb alles hängen und sie sah ja selbst, was er leistete. Doch sie konnte auch sehr schnell erkennen, dass er es gern und mit Leidenschaft tat.

Als das letzte Lied des Chores verklungen war, schlich sie sich nach draußen, um nach dem Buffet zu schauen.

Wo allerdings gerade noch blauer Himmel und Sonnenschein waren, zogen nun dunkle Wolken auf und der Wind hatte merklich aufgefrischt.

»Hol mir alle Leute, die du finden kannst! Wir müssen so schnell wie es geht umziehen, am besten ins Foyer des Museums«, befahl sie dem erstbesten Kellner. Jetzt hieß es schnell handeln, denn die ersten großen Regentropfen fielen auf die aufgespannten Sonnenschirme.

Wenn die feierliche Eröffnung zu Ende war, sollten die Gäste nach draußen treten und das würde nicht gut ausgehen. Sie musste umplanen, und zwar ohne Daniels Wissen und Einverständnis.

Der Kellner hatte zum Glück schnell reagiert und war mit einem Trupp von zehn Leuten zurück. Sie räumten so schnell es ging die mit weißen Decken drapierten Stehtische nach drinnen. Zum Glück hatten sie für die Getränke mobile Kühlwagen, die einfach nur reingefahren werden mussten. Der Hausmeister kümmerte sich indessen um Strom und Kabelverbindungen. Einmal mehr dankte Marleen dem Erbauer der Burg für ebenerdige und extrabreite Flügeltüren. Zum Glück war das Museum heute natürlich für den normalen Besucher geschlossen, sodass sie darauf keine Rücksicht nehmen mussten.

Die Teller mit den Canapés befanden sich sowieso noch in der Küche und würden, wie die Sektgläser auch, von Kellnern herumgetragen werden. Die Blumengestecke verteilten sie einfach auf dem breiten Empfangstresen, hinter dem normalerweise die Kassiererinnen für das Museum saßen.

Auf die Sekunde genau waren sie fertig und Marleen blieb gerade noch Zeit, die Türen zum Hof abzuschließen, dafür aber die breite Eingangstür zur Empfangshalle zu öffnen und die Gäste herauszubitten. Hier wurden sie von den Kellnern in Empfang genommen und keiner zweifelte daran, dass alles so geplant war.

Marleen hingegen schwitzte und erst langsam bewegte sich ihr Puls wieder dem Normalzustand entgegen. Draußen herrschte inzwischen Weltuntergangswetter, was nun auch Daniel bemerkte und zu ihr trat.

»Wir mussten umdisponieren, sorry«, erklärte Marleen und atmete einmal tief durch.

»Ich wusste schon, warum ich Sie eingestellt habe. Sie sind ein Engel!«, bedankte sich Daniel, wurde aber sofort von jemandem aus der Familie in Beschlag genommen, der Marleen keines Blickes würdigte.

»Das war mal eine reife Leistung«, erklang plötzlich eine ihr bekannte Stimme und sie drehte sich um.

»Graf von Steinthal, ich hatte Sie gar nicht erwartet«, erschrak Marleen.

»Das war meine Absicht. Ich will auch gar nicht stören, nur schnell meinen Bruder und meine Eltern begrüßen.«

»Sie nehmen nicht am Essen teil? Das ist wirklich kein Problem, auch wenn Sie jetzt erst hinzukommen. Ich kann Sie ohne Probleme mit an der Tafel platzieren.«

Innerlich war sie stinksauer, dass sie nun wieder und auf den letzten Drücker eine Änderung des Sitzplanes vornehmen müsste. Und das anscheinend ohne Tischdame.

»Nein, lassen Sie mal, ich bin gleich wieder weg.«

»Ähm, okay."

Was sollte sie da auch groß sagen?

Erneut fielen ihr seine strahlendblauen Augen auf, heute allerdings gepaart mit einem verschmitzten sexy Lächeln, welches sie irritierte.

Sexy? Hatte sie gerade "sexy" gedacht?

»Sie sehen verschwitzt aus?«

Was sollte denn die blöde Frage?

»Es geht schon, danke. Sie sehen ein wenig ... nass aus«, konterte sie. Er musste wohl in den Regen gekommen sein, was leider seinem Aussehen nicht im Geringsten schadete. Im Gegenteil: Er hatte die leicht feuchten Haare mit den Händen nach hinten geschoben und wirkte gerade wie ein Typ aus der Cola-Werbung. Wahrscheinlich zauberte er gleich eine Dose hinter seinem Rücken hervor und ... Großer Gott, wo war sie denn mit ihren Gedanken?

»Entschuldigen Sie mich, ich muss mal schauen, ob in der Küche alles läuft. Ihren Bruder finden Sie da hinten.«

Somit ließ sie ihn stehen und eilte Richtung Tür, den Gang entlang und weiter zur Küche. Sie brauchte dringend Schokolade.

~~~

Im ersten Moment hatte er sie gar nicht erkannt und dachte, sie wäre ein Gast, der es auf der Veranstaltung nicht länger aushielt und sich davonstahl. Doch als sie begann die Kellner anzutreiben und umzuorganisieren und ihr Gesicht in seine Richtung drehte, wurde ihm klar, wen er da vor sich hatte.

Wo waren denn bitte Shirt, Jeans und Hornbrille hin verschwunden? Inzwischen waren mehrere Wochen vergangen und aus dem Entlein schien ein Schwan geworden zu sein. Dieses Kostüm umschmeichelte ihre Figur, ihr perfekter kleiner Hintern streckte sich ihm bei jedem Bücken entgegen und er konnte gar nicht anders als hinzusehen. Sie hatte ihn zum Glück noch nicht bemerkt, so konnte er sie ungeniert betrachten. War er sich noch vor wenigen Minuten sicher gewesen, dass die neue

Assistentin keine Gefahr darstellen sollte, musste er nun zugeben, dass das Versprechen an seinen Bruder immer weiter nach hinten rückte.

Die andere Marleen wäre wesentlich besser gewesen, um seinen Worten treu zu bleiben.

»Dominik, was machst du denn hier? Ich hatte gar nicht mit dir gerechnet. Ich sage Marleen, dass sie dich einplanen soll«, freute Daniel sich und umarmte seinen Bruder.

»Nein, ich konnte schon mit ihr sprechen. Ich muss gleich wieder los, wollte nur mal Hallo sagen und schauen, wie es läuft.«

»Eigentlich müsste ich dich foltern, weil du mich mit der Meute allein lässt«, rügte ihn Daniel leise. »Frag nicht, was im Vorfeld los war. Zum Glück habe ich Marleen.«

»Ja, zum Glück hast du sie«, wiederholte er zweideutig.

»Wann sehen wir uns mal wieder länger? Die Bauarbeiten starten bald und ich hatte gehofft, dass du wenigstens da dabei sein kannst.«

»Das werde ich mir einplanen, schick mir nur noch mal den genauen Termin«, bestätigte Dominik. Vorgemerkt hatte er sich diesen bereits, doch gerade suchte er tatsächlich nach einer Ausrede.

Hatte sein Bruder Tomaten auf den Augen oder warum konnte er Marleen widerstehen?

Tat er das womöglich gar nicht?

Eine kleine Welle der Eifersucht überrollte Dominik, obgleich er nicht einmal ahnte, dass er so empfinden könnte. Seit Amelia hatte er tiefe Gefühle oder gar Beziehungen vehement gemieden. Denn auch bei ihr war er sich sicher gewesen, dass sie nicht auf seinen Titel und sein Erbe aus war. Stets hatte sie geschworen, dass sie vor ihrer ersten Begegnung gar nicht wusste, wer er war und dass sie ihn auch genommen hätte, wenn er ein armer Student wäre.

Doch in der Nacht vor der Hochzeit, alles war bereits geplant, die Gäste angereist, hatte er eine Unterhaltung zwischen ihr und ihrer Mutter belauscht. So wurde schnell klar, dass die beiden Frauen alles von Anfang an geplant hatten. Das Kennenlernen war inszeniert, sie spielte ihm die liebende, treue und bodenständige Frau an seiner Seite nur vor.

Als er Amelia zur Rede stellte, zeigte sie ihr wahres Gesicht und eine Schlammschlacht begann, die von den Medien nur zu gern verfolgt wurde, das Sommerloch gab sonst nicht viel her.

Die ganze Geschichte war nun schon fünf Jahre her, doch noch immer ließ er keine Frau an sich heran. Sex war reines Mittel zum Zweck, Druck- und Stressabbau. Danach ging jeder wieder seine eigenen Wege und Eifersucht war nie im Gespräch. Jedenfalls von seiner Seite aus.

Eifersucht im Allgemeinen war ihm sowieso fremd, er verstand nicht einmal den Sinn dahinter. Doch was sonst sollte dieses Gefühl gerade gewesen sein. Neid? Nein, niemals würde er dies gegenüber seinem Bruder empfinden. Sie standen sich schon immer sehr nahe und auch wenn Dominik es äußerst ungern zugab, die Familie war auch ihm wichtig, genauso wie die Burg. Zugeben würde er das allerdings nicht, mutmaßte jedoch, dass Daniel es ahnte und nur aus Nettigkeit kein Wort darüber verlor.

Doch gerade eben fühlte er sie und es brachte ihn völlig durcheinander.

»Hallo Dominik, träumst du?«, hörte er Daniel wie aus weiter Ferne und bemerkte erst jetzt, dass auch seine Eltern an ihn herangetreten waren. Dankbar für die Unterbrechung seiner wirren Gedanken begrüßte er sie und wurde sogleich in Beschlag genommen.

Er konnte dem Gespräch nur bedingt folgen, weil er damit beschäftig war, den Raum abzusuchen und Marleen noch einmal zu sehen. Doch nichts dergleichen geschah, sie ließ sich nicht noch einmal blicken.

Daniel erhielt allerdings eine Nachricht aufs Handy, dass alles für das Essen heute Abend perfekt vorbereitet sei und die Küche nur auf einen Wink warte. Was seinen Bruder natürlich erneut dazu veranlasste, in höchsten Tönen von seiner neuen Assistentin zu schwärmen.

11

~*~

Marleens Begeisterung hielt sich in Grenzen, als plötzlich Dominik hinter ihr auftauchte und ehrlich gesagt war sie heilfroh, dass er nicht zum Dinner blieb. Marleen konnte förmlich sehen, welcher Film da in seinem Kopf ablief und sie hatte keine Lust die Hauptrolle zu spielen. Natürlich sah sie jetzt anders aus, nur hatte sie nicht damit gerechnet, dass er so oberflächlich war. Von Erika wusste sie allerdings so einiges über die Brüder und auch Daniel hatte sie vor Dominik gewarnt, sie sollte sich also gar nicht wundern.

Allerdings war auch sie nicht blind. Dieser Mann sah unverschämt gut aus und in dem Punkt war sie kein bisschen anders als die Frauen, die sie immer belächelte, weil sie bei den Chippendales Schnappatmung bekamen. Hatte sich denn seit der Evolution nichts im weiblichen Gehirn getan? Musste denn ein potentiell in Frage kommendes Männchen gleich ein nasses Höschen verursachen?

Okay, so weit war es bei ihr zum Glück noch nicht, denn sympathischer wurde Dominik durch sein Äußeres und seinen Charme auch nicht.

Sicher würde er genauso schnell verschwinden, wie er gekommen war und allzu oft ließ er sich auf der Burg auch nicht blicken. Zwar nahm sie ihm diesen Punkt grundsätzlich übel, verbuchte ihn aber jetzt gerade als Vorteil. Seinen Bruder hier so allein hängenzulassen, obwohl , das Familienerbe beiden gehörte, war natürlich unerhört und bei Gelegenheit würde sie ihm das auch sagen.

In der Küche hatte sie sich ein Glas Cappuccinoparfait geklaut und nun ging es schon einigermaßen besser.

»Man, der sieht aber auch gut aus«, hörte sie eine Frau sagen, die gerade zusammen mit einer anderen am geöffneten Fenster der Küche vorbeilief. Anscheinend blieben sie stehen, sie hörte sie kichern, ein Feuerzeug klackte leise.

»Ob er wirklich so gut im Bett ist, wie die Gerüchte sagen?«

»Probier es doch aus, schließlich bist du nur eine weit entfernte Cousine. Wie man hört, ist er da nicht so kleinlich.«

Marleens Augen wurden immer größer, ihre Entrüstung allerdings auch.

»Das wird wohl nichts mehr, ich glaube, er ist wieder abgereist. Aber sein Bruder ist auch nicht zu verachten.«

»Nein, den finde ich eher langweilig. Was tut der schon? Bewacht eine Burg. Aber Dominik, mit dem würdest du durch die Welt reisen. Seit der Sache mit dieser Frau will er sowieso keine Beziehungen mehr. Du müsstest ihm also nicht mal Liebe vorgaukeln, ihn nur vögeln.«

Wieder einvernehmliches Kichern, dann erneut Schritte und es kehrte Ruhe ein.

Unfassbar! Hatten die Frauen denn gar keine Achtung mehr?

Allerdings überlegte sie gerade, was sie mehr entsetzte: Die fehlende Moral in dieser Gesellschaft oder die Tatsache, dass Dominik tatsächlich mal eine Beziehung gehabt haben soll. Bisher hatte sie sich zurückgehalten, was die Recherche oder vielmehr Spionage im Internet anging und lieber Daniel gefragt. Es erschien ihr ehrlicher.

Doch in diesem Punkt wusste sie nicht, ob das so eine gute Idee war. Es ging ja schließlich um das Privatleben seines Bruders und genau genommen ging es sie nichts an. Aber als Assistentin und letztlich Vertretung sollte sie über so etwas vielleicht doch Bescheid wissen, um gegebenenfalls angemessen reagieren zu können.

Zeit zum Nachdenken hatte Marleen allerdings nicht, denn die offizielle Führung der Gäste durch die Ausstellung stand an und in der Zeit musste alles vom Empfang weggeräumt und der große Saal, in dem das Dinner stattfand, ein letztes Mal kontrolliert werden.

Sie hatte also alle Hände voll zu tun und keine Zeit sich über Dominik den Kopf zu zerbrechen. Er hatte darin auch überhaupt nichts zu suchen, selbst wenn diese zwei blauen Augen sie förmlich verfolgten. Hoffentlich stimmte es, was eine der Frauen gesagt hatte und er war wieder abgereist.

Trotzdem sah Marleen sich immer wieder suchend um, damit sie im Notfall die Flucht ergreifen könnte. Ihre Reaktion ärgerte sie natürlich immens, sonst war sie auch nicht auf den Mund gefallen und wusste sich zu verteidigen. Doch solange sie nicht wusste, warum sie gerade so reagierte, wie sie es jetzt tat, müsste sie ihm eben aus dem Weg gehen.

Der Rest des Tages und auch das Dinner am Abend liefen ohne große Zwischenfälle ab. Sie musste nicht noch einmal rettend eingreifen und es sah tatsächlich so aus, als wenn alle mit ihrem jeweiligen Tischpartner zufrieden waren oder zumindest gut auskamen.

„Daniel meinte, das meiste haben Sie organisiert«, sagte plötzlich ein älterer Herr, der neben Marleen aufgetaucht war, als diese das Buffet kontrollieren wollte und ihr bereits als Daniels Vater und Graf Senior vorgestellt worden war.

»Mein Sohn schwärmt in höchsten Tönen von Ihnen.«

»Oh, also das freut mich natürlich. Es macht auch wirklich viel Freude hier zu arbeiten.«

Er lächelte sie freundlich an und ließ ein Lachsschnittchen in seinem Mund verschwinden.

»Alle Sonderwünsche zu berücksichtigen war sicher nicht einfach, zumal Sie den Job ja noch gar nicht lange machen. Alle Achtung, ihre Vorgängerinnen hatten den Dreh nicht so schnell raus.«

»Naja, ich hatte einen guten und geduldigen Lehrer und konnte auf die gesamten Unterlagen der letzten Jahre zurückgreifen. Das machte es einfacher«, versuchte Marleen das Lob ein wenig abzumildern. Daniel hatte ihr schon erheblich bei der Planung geholfen.

»Sie haben eine wunderbare Art mit Menschen umzugehen, ich konnte das den Tag über beobachten.«

»Das scheint wohl in Ihrer Familie zu liegen. Das Beobachten, meine ich«, scherzte Marleen.

Der Graf lachte leise und zwinkerte ihr verschmitzt zu.

»Daniel hat mir die Geschichte erzählt, ja. Darauf können Sie sich wirklich etwas einbilden. Normalerweise prüft er jede neue Einstellung auf Herz und Nieren. Bei Ihnen scheint seine gute Menschenkenntnis aber wirklich geholfen zu haben.«

»Vielen Dank noch mal, auf einer echten Burg zu arbeiten ist aber auch wirklich etwas Besonderes. Quasi ein Mädchentraum.«

»Ich dachte, Mädchen träumen von einem Prinzen, der sie zu einer Prinzessin macht?«

»Nein, so war ich nie. Ich wollte schon immer lieber der Ritter sein, der eine Burg erobert oder verteidigt. Mit dem Rest kann ich nichts anfangen«, erwiderte Marleen und beugte sich ein Stück über den Tisch, um einen der größeren Teller weiter hinten geradezurücken.

In dem Moment rutschte ihr Medaillon aus der Bluse und blieb auf dem Kragen liegen, als sie sich wieder dem Grafen zuwandte.

Dieser stutzte, blinzelte ein paar Mal und sah sie dann verwirrt an, was Marleen ein wenig irritierte.

»Stimmt etwas nicht? Habe ich irgendwo einen Fleck?« Sie sah an sich hinunter, konnte aber nichts erkennen.

»Nein, nein. Tut mir leid, dass ich Sie gerade so angestarrt habe. Sie tragen einen wundervollen Anhänger, nur diesen habe ich bewundert.«

»Ach so.« Sie griff danach und drehte ihn zwischen den Fingern. »Den habe ich von meiner Großmutter geschenkt bekommen. Keine Ahnung, wo sie ihn her hat, aber er hat großen emotionalen Wert für mich.«

»Darf ich ihn mal näher ansehen?«

Marleen wunderte sich zwar über das Interesse, sah aber kein Problem darin. Also nahm sie die Kette vom Hals und reichte sie dem Grafen.

»Ein wirklich schönes Stück, wunderbar gefertigt. Wissen Sie, ich habe eine Schwäche für derlei Dinge. Meine Frau findet es furchtbar, aber ich bin da wie eine Elster«, lachte er, doch es kam Marleen so vor, als wäre dieses Lachen nicht echt und sollte als Ablenkung dienen.

Der Graf gab ihr schließlich das Schmuckstück zurück und sie legte es wieder an, ließ das Medaillon unter ihrer Kleidung verschwinden.

»Passen Sie gut darauf auf.« Er zwinkerte ihr noch einmal zu und verabschiedete sich dann, um zurück an den Tisch zu gehen.

Graf Senior zählte auf jeden Fall zu den freundlicheren Personen und Marleen mochte ihn auf Anhieb.

~~~

Auf der Fahrt von der Burg zu sich nach Hause hatte Dominik immense Schwierigkeiten auf den Verkehr zu achten. Zweimal hätte er beinahe eine rote Ampel übersehen und beim Abbiegen fast einen Radfahrer mitgenommen. Warum nur ging ihm Marleen so dermaßen im Kopf herum?

Das war doch unlogisch!

Er kannte sie kaum und das, was er kannte, hatte ihm bisher nicht wirklich gefallen. Ganz plötzlich trug sie einen engen Rock und er wurde schwach? Wie peinlich!

So sollte er keinesfalls denken und so wollte er auch nicht sein. Er führte ein erfolgreiches Unternehmen, hatte einen gewissen Stand in der Gesellschaft und einen Titel. Sein Denken sollte im Kopf und weniger in der Hose stattfinden.

Wenngleich das alles bisher ohne Probleme auch so funktioniert hatte, bereits seit einer Weile war er mit seiner Art zu leben unzufrieden. Diese Situation eben war wie der sprichwörtliche Wink mit dem Zaunpfahl gewesen, dass es so nicht weitergehen würde.

Aber was wollte er dann? Frau und Familie? Nein, sicher nicht.

Weiter Single bleiben und sich austoben, wann immer er das möchte? Nein, auch das nicht.

Gab es nicht einen gepflegten Mittelweg? So einen, wie Daniel ihn beschritt vielleicht? Doch was machte sein großer Bruder anders?

Er war auf jeden Fall wählerischer, was seine Partnerinnen anging. Zudem wechselte er sie nicht so häufig. Niemals drang etwas nach außen oder landete auf der Titelseite der Boulevardpresse. Er wirkte souveräner, erwachsener ... und der Titel eines Grafen passte zu ihm wesentlich besser als zu Dominik.

War genau das der Knackpunkt? Daniel hatte seinen Titel angenommen und trug ihn mit Stolz. Dominik hingegen brachte ihn nur zur Sprache, wenn er eine Frau beeindrucken und ins Bett bekommen wollte.

Je länger Dominik darüber nachdachte, desto bewusster wurde ihm, dass er sich teilweise wie ein Teenager im Hormonschub benahm, aber keinesfalls wie ein über dreißigjähriger Firmeninhaber.

Kein Wunder, dass Marleen ihm nicht wirklich Respekt entgegenbrachte, so wie sie es Daniel gegenüber tat. Auch wenn die beiden ein recht freundschaftliches Verhältnis pflegten, sie sprachen sich weiterhin mit "Sie" an und ihre untergeordnete Stellung war stets eindeutig.

Doch war es das, was auch Dominik wollte?

Ja, das war es. Nur wollte er Marleen zudem noch in seinem Bett. Von reiner Freundschaft war ganz sicher nicht die Rede. Was für ein Mist!

Genervt über diese Erkenntnis ließ er seinen Kopf mehrmals gegen das Lenkrad fallen. Zum Glück stand er bereits wieder bei sich daheim auf dem Parkplatz. Erst morgen früh würde er dann zur nächsten Dienstreise aufbrechen, doch das musste sein Bruder ja nicht wissen, sonst hätte er vermutlich am Dinner teilnehmen müssen.

Er könnte die Burg nicht mehr betreten, es sei denn, Marleen würde nur noch im Kartoffelsack herumlaufen. Doch er zweifelte ernsthaft daran, dass dies die Bilder von heute aus seinem Kopf bannen würde.

Wo war plötzlich der professionelle Geschäftsmann hin? Und wieso schaffte es eine Frau, ihn so aus der Fassung zu bringen?

Auf keinen Fall dürfte Daniel davon erfahren. Sein Bruder würde ihn in den eigens dafür angelegten Folterkeller stecken.

Plötzlich klingelte sein Handy und ein Grinsen legte sich auf sein Gesicht. Genau die Ablenkung, die er gerade brauchte: blond, nicht gerade clever, aber unfassbar beweglich und ausdauernd. Noch ein einziges Mal wollte er sein altes Ich aufleben lassen; nur noch heute, um all die anderen Bilder aus dem Kopf zu bekommen.

Als er am nächsten Morgen im Flieger nach London saß, ging es Dominik bereits viel besser. Er war entspannt genug, um gelassen auf das gestrige Zusammentreffen zurückzublicken und sich nunmehr sicher, dass er einfach nur untervögelt war und er daher so anders auf Marleen reagiert hatte. Ihr vorlautes Mundwerk beherrschte sie ja noch immer und das fand er bei Frauen noch nie attraktiv. Genau daran würde er sich halten.

Es würde also ein Leichtes werden, in ein paar Wochen auf der Burg den ersten Spatenstich der Bauarbeiten zu begleiten, samt Pressetermin und Fotografen. Er hatte ganz vergessen Daniel zu fragen, ob Marleen noch immer in der familieneigenen Wohnung lebte. Dann würde er nämlich doch lieber jeden Tag die Fahrt zu sich nach Hause auf sich nehmen und nicht im Burghotel wohnen.

Sicher ist sicher.

12

~*~

»Ich hoffe, die beiden Grafen sind nett zu Ihnen«, flüsterte ihr Marianne, die Besitzerin des Tante-Emma-Ladens, in dem Marleen stets ihre Einkäufe tätigte, zu. Zwar könnte sie durchaus auch den burginternen Lieferdienst nutzen, doch sie war ganz froh, auch mal aus dem Gemäuer herauszukommen. Inzwischen arbeitete und lebte sie hier seit fast zwei Monaten.

»Aber natürlich, Graf von Steinthal ist ein sehr höflicher und zuvorkommender Mensch«, erwiderte Marleen, rollte aber innerlich mit den Augen. Wie oft hatte sie diesen Satz mittlerweile schon als Antwort gebracht?

So ein Kleinstadtleben war eben anders und dass sich der halbe Ort um sie zu sorgen schien, imponierte ihr auch ein wenig. Auf der anderen Seite fragte sie sich natürlich, ob es dafür einen Grund gab.

»Warum sollte es denn nicht so sein?«, hakte sie daher scheinheilig nach.

»Naja, man erzählt sich ja hier und da Geschichten«, stieg Marianne natürlich sofort drauf ein. »Der Herr Graf, also der Ältere, soll eher zurückgezogen leben, aber sein Bruder ist ein kleiner Schlingel. Vor dem müssen sich alle Frauen in Acht nehmen. Was einen Rock trägt und bei drei nicht auf den Bäumen ist, wird eine Kerbe in seinem Bettpfosten.«

Marleen kicherte leise. Natürlich kannte sie die Gerüchte bereits. Nadja war ebenfalls sehr gesprächsbereit und inzwischen war ihr klar, warum ihre Vorgängerinnen gekündigt hatten. Es störte sie wenig.

»Nun ja, das kann schon sein. Ihn kenne ich ja kaum. Aber ich verspreche Ihnen, dass Graf Daniel von Steinthal ein wirklich netter Mann ist.«

»Wenn Sie einen wählen, dann nehmen Sie diesen«, zwinkerte ihr Marianne zu.

Da Marleen bereits mit einer solchen Äußerung gerechnet hatte, blieb sie eher gelassen. Inzwischen war sie es gewöhnt.

»Ich bin wunschlos glücklich glauben Sie mir.«

Dann bezahlte sie ihre Einkäufe, trug den großen Korb zu ihrem VW und machte sich wieder auf den Weg zur Burg.

Inzwischen waren die Temperaturen vollends im Frühling angekommen und sie konnte sogar das Verdeck öffnen. Zwar gestaltete sich die Fahrt zur Burg immer etwas schwierig, da oftmals Touristen die Straße kreuzten, aber Marleen störte es wenig. Niemand hetzte sie und sie genoss es immer wieder.

Die Burg wirkte tatsächlich jedes Mal anders. Ob nun von Sonnenlicht beschienen oder im Nebel, stets hatte sie ihren ganz eigenen Reiz, dem sich Marleen kaum entziehen konnte.

Caro hatte sie letztens gefragt, wie es ihr ginge und sie konnte ehrlich zugeben glücklich zu sein. Nicht nur zufrieden, sondern wirklich glücklich.

Einen einzigen kleinen Wermutstropfen gab es allerdings noch immer: Sie hatte bisher weder ein Haus noch eine Wohnung gefunden. Ab und an mutmaßte sie, dass die, die sonst über alles im Ort Bescheid wussten, ihr in dem Punkt nicht weiterhelfen wollten und hofften, dass das Schicksal sie und Daniel doch noch zusammenbringen würde.

In diesem Punkt war sie sich allerdings sicher: Das würde nicht geschehen.

»Hallo Marleen, Sie müssen das doch nicht selbst machen!«, ermahnte Daniel sie, als sie im Hinterhof der Burg parkte und er sah, dass sie ihre Einkäufe aus dem Wagen hievte. »Nutzen Sie doch den Lieferdienst, der muss sowieso zu uns kommen.«

»Das ist zwar richtig, aber ich mache es gern und außerdem unterstütze ich so die regionalen Bauern und auch Marianne.«

Daniel nahm ihr den Korb ab und trug ihn nach oben.

»Kann ich Sie etwas fragen?«, begann er, als sie die Wohnung betraten und er alles in der Küche abgestellt hatte.

»Natürlich, was gibt es denn?«

»Also mir ist das ein wenig peinlich und Sie können mich ausbremsen, wenn es zu viel wird. Mein Vater hat mir von einem Medaillon erzählt und bat mich zu fragen, ob er ein Foto davon bekommen könnte.«

»Was?«

»Ja, ich weiß, das ist eine sehr eigenartige Frage. Er meint, es geht ihm seitdem nicht mehr aus dem Kopf, er meint es irgendwo schon einmal gesehen zu haben und will nun nachforschen. Natürlich nur, wenn Ihnen das recht ist.«

Marleen musste lachen.

»Was will er denn da nachforschen?«

Dann holte sie das Schmuckstück hervor.

»Es ist ein Anhänger, den ich von meiner Oma geschenkt bekommen habe und ich weiß nicht einmal, woher sie ihn hat. Als Kind hat sie ihn mir immer umgehängt, wenn sie mir vorgelesen hat. Nach ihrem Tod ging er in meinen Besitz über. Ich sage zwar immer, dass er ein Familienerbstück ist, weil es so schön alt klingt, aber er ist nur eine sehr wichtige Erinnerung für mich.«

Daniel besah sich den Anhänger genauer.

»Darf ich denn ein Foto machen?«

»Natürlich, wenn ich Ihrem Vater damit den Nachtschlaf zurückbringen kann«, erwiderte Marleen, nahm die Kette ab und reichte sie an Daniel.

»Haben Sie gesehen, dass hinten etwas eingraviert ist?«

»Ja, aber keiner konnte bisher sagen, was es bedeuten soll«, erklärte Marleen beiläufig und begann die Einkäufe auszupacken, während Daniel mit dem Handy ein paar Fotos machte, bevor er ihr das Medaillon zurückgab.

»Mein Vater hat für so etwas ein Faible, was oftmals zu Streitereien mit meiner Mutter führt«, erklärte Daniel. »Aber man muss ihm auch zugutehalten, dass er wirklich ein Gespür für alte

Schätze hat. Nicht umsonst ist er Kunsthändler und noch dazu ein sehr erfolgreicher.«

»Ich glaube kaum, dass er etwas herausfinden wird. Es ist doch nur ein Anhänger.«

»Das kann durchaus sein, aber lassen Sie ihn ruhig mal machen. Wer weiß, vielleicht sind Sie ja sogar eine Prinzessin.«

Marleen sah Daniel eine Weile perplex an, dann konnte sie ein Lachen nicht mehr zurückhalten.

»Genau, ich und Prinzessin«, gluckste sie. »Das ist wie Schnee in Afrika.«

»Ach, noch etwas«, setzte Daniel nach einigen Augenblicken das Gespräch fort, ohne jedoch das bisherige Thema nochmals aufzugreifen. »Ich muss in einer Woche für ein paar Tage nach München an die Universität, hat sich ganz spontan ergeben. Das heißt aber, dass ich zur Baustelleneröffnung nicht da sein kann. Da Sie aber noch nicht lange genug bei uns sind und ich Ihnen das allein nicht zumuten will, wird Dominik übernehmen. Ich habe ihm sämtliche Unterlagen gemailt und er hat auch bereits zugesagt.«

»Was? Nein, also ich meine ... das geht doch nicht ... Sie müssen doch sicher anwesend sein, nur Sie kennen sich doch damit aus und so ...«

Ihr Gehirn hatte in dem Moment aufgehört zu arbeiten, als Dominiks Name fiel. Sie beide allein auf dieser Burg, ohne dass Daniel als Rettung dazwischengehen konnte, war keine gute Idee.

»Nein, das ist alles so geregelt. Wir können den Termin nicht mehr verschieben, das Wetter soll sich ja auch so halten. Es wäre also perfekt. Außerdem kennen Sie sich hier mittlerweile besser aus als ich und Dominik ist der Fachmann für den finanziellen Aspekt.«

»Den anderen Termin können Sie auch nicht verschieben?«

»Nein, das würde mir sehr leidtun, da die Uni München uns auch mit diversen Exponaten und Bücherleihgaben zu Themenausstellungen sehr unterstützt. Und da Dominik gerade Luft hat und den Pressetermin übernehmen kann, passt es perfekt. Er hat Erfahrung mit so etwas, Sie können ihm da vollkommen vertrauen.«

»Ja natürlich, verstehe«, murmelte Marleen.

»Ist alles okay?«, hakte Daniel nach, er war ja nicht blind und ihre Reaktion war ihm nicht entgangen.

»Ja ja, alles bestens. Wollten wir nicht noch den Sommerball durchsprechen?«, wechselte Marleen schnell das Thema.

»Richtig, das könnten wir mit einem Essen verbinden. Ich sterbe vor Hunger.«

Marleen stimmte zu, obgleich sie ahnte, dass sie nichts herunterbekommen würde.

~~~

»Also, hier sind alle wichtigen Termine in den nächsten Tagen, außerdem weiß Marleen über alles Bescheid und hat zudem sämtliche Befugnisse. Frag sie, wenn etwas unklar ist, sie kennt sich inzwischen bestens aus und weiß auch, wie sie mit wem umgehen muss.«

»Hm.«

»Ach und du kannst in die Wohnung oben ziehen, Marleen hat durch Zufall eine eigene Wohnung gefunden und ist bereits mit ihren Sachen umgezogen. Wenn du also nicht ins Hotel oder jeden Tag mehrere Stunden Auto fahren möchtest, kannst du oben einziehen.«

»Sie wohnt nicht mehr hier?«

Ein wenig war Dominik ja enttäuscht, auch wenn er wusste, dass es besser so war. Für alle Beteiligten. So könnte er sich hier abends einschließen und käme nicht auf dumme Ideen.

»Nein, du hast also deine Ruhe. Sei nett zu ihr, sie macht einen guten Job, wirklich. Ich habe keine Lust bei Rückkehr wieder eine neue Assistentin suchen zu müssen oder aber einen Scherbenhaufen vorzufinden.«

»Ich hab es dir doch versprochen, also mach dir mal keine Sorge. Außerdem übernehme ich das hier ja nicht zum ersten Mal.«

»Ja, genau das meine ich damit«, ermahnte ihn Daniel noch einmal, dann schnappte er sich seinen Trolley und ging zum Taxi, was bereits vor seinem Haus wartete.

Dominik würde seinen Wagen nehmen und zur Burg hochfahren, um sich einen eigenen ersten Überblick zu verschaffen. Marleen brauchte er gar nicht, das müsste locker ohne sie zu schaffen sein. Vielleicht sollte er ihr frei geben? So ein Umzug brauchte schließlich Zeit.

Im Büro angekommen wurde er von einer aufgeregten Nadja begrüßt, die komischerweise heute nicht sofort in Schockstarre verfiel.

»Guten Morgen, Herr von Steinthal. Haben Sie Marleen gesehen?«

»Nein, habe ich nicht. Was gibt es denn? Bis mein Bruder wieder da ist, können Sie mich fragen.«

»Verzeihung, aber in dem Punkt können Sie mir, glaube ich, nicht helfen. Es ging um die Einladungen zum Sommerball. Ist aber auch nicht so wichtig.«

Damit rauschte Nadja wieder davon, ohne ihm zu sagen, worum es nun eigentlich wirklich ging. Doch er tröstete sich damit, dass es wohl nicht so wichtig gewesen war.

Gerade, als er sich an den Schreibtisch setzen wollte, klingelte das Telefon in Marleens Büro, gefolgt von einer Pause, dann erneutes Klingeln. Also machte er sich wütend auf den Weg nach nebenan, denn Nadja schien noch immer verschollen.

»Büro Marleen Sommer, Steinthal hier.«

»Oh, Herr Graf. Habe ich Ihre Nummer gewählt?«, hörte er eine Frauenstimme fragen.

»Nein, das ist Frau Sommers Apparat. Sie ist nur gerade nicht da. Kann ich Ihnen helfen?«

»Oh, ähm, nein, ich denke nicht. Ich versuche es einfach auf ihrem Handy.«

Damit legte die Dame auf.

Dieses Spiel wiederholte sich noch geschlagene zehn Mal innerhalb der nächsten Stunde und so langsam fragte er sich, warum um alles in der Welt Marleen die Anrufe nicht auf ihr Handy umleiten ließ. So schwierig konnte das doch nicht sein und dieses permanente Geklingel machte ihn wahnsinnig. Da war konzentriertes Arbeiten kaum möglich. Wo war Nadja eigentlich und warum störte es sie nicht?

Als der Apparat zum elften Mal klingelte und Dominik wütend aus dem Büro stürmte, um noch einmal in Marleens Büro zu gehen und den Hörer daneben zu legen, prallte er mit dieser frontal zusammen.

Marleen war ihrerseits auf dem Weg zu ihm gewesen, das Handy am Ohr und daher abgelenkt.

»Autsch!«

Sie war mit ihrer Nase genau gegen seine Brust geprallt. Reflexartig wollte er sie umarmen, sie fassen, doch Marleen war schneller und bereits einen Schritt zurückgetreten. Nun hielt sie sich die Nase, Schlimmeres schien aber nicht passiert zu sein.

»Oh! Hallo! Sie sind ja schon da«, nuschelte sie hinter ihrer Hand.

»Ja und ich ertrage seit einer Stunde das Dauerklingeln Ihres Telefons. Es gibt sowas wie eine Anrufweiterleitung aufs Handy«, erklärte er ihr sauer.

»Ja, das weiß ich«, erwiderte sie im selben Ton. »Aber unsere Anlage ist seit gestern irgendwie kaputt, der Techniker ist informiert. Eigentlich ging auch ein Memo an alle raus, dass ich nur noch über Handy erreichbar bin, aber … «

»Warum hat dann aber mein, also unser Telefon, nicht auch dauernd geklingelt?«, dabei sah er Nadja fragend an, die gerade mit einem Stapel Ordner um die Ecke bog.

»Also ich denke, weil alle wissen, dass der Graf, also Ihr Bruder, nicht da ist und Marleen dann … «, stotterte sie.

»Ach so ist das. Aber ich nehme auch an, dass in dem Memo stand, dass ich ihn vertrete.«

»Ja, natürlich. Nur … Sie sind nicht so oft hier und die Leute trauen sich dann vielleicht nicht …«, versuchte Nadja zu erklären, sah aber hilfesuchend zu Marleen.

»Das wird schon, geben Sie ihnen ein paar Tage, dann klingelt auch Ihr Telefon«, grinste diese sichtlich erfreut über ihren Scherz.

Ohne einen weiteren Kommentar stapfte er in sein Büro und schleuderte die Tür zu. Einen feinen Bruder hatte er.

13

~*~

Zu gern hätte Marleen ihn schmollen lassen, aber um des lieben Friedens willen klopfte sie leise an seine Tür, wartete aber nicht auf ein Herein. So war sie es bei Daniel auch nicht gewohnt, zumal die Türen da immer offen standen.

»Kann ich Sie kurz sprechen?« Langsam ging sie auf seinen Schreibtisch zu, hinter dem er sich regelrecht verkrochen zu haben schien. Eine Zustimmung grummelnd, hob er den Blick.

Seine Augen hatten nichts von der Intensität verloren und sofort nahm er sie wieder gefangen. Sie konnte förmlich das Kopfkino dahinter sehen, versuchte aber sich zusammenzureißen. Dieser Job war ihr wichtig, die Burg war ihr wichtig.

»Das habe ich eben nicht böse gemeint und ich wollte Ihnen auch nicht zu nahetreten. Da ich aber über sämtliche Vorgänge Bescheid weiß, ist es doch klar, dass zuerst ich gefragt werde. Ich kann Ihnen aber versichern, dass ich im Zweifelsfall natürlich Sie hinzuziehen werde.«

Noch immer sah er sie nur an, erwiderte aber nichts. Langsam wurde ihr unwohl, also sprach sie einfach weiter.

»Also der Fahrplan für morgen ist ja klar. Zehn Uhr ist die Ortsbegehung, gegen halb elf wird dann der erste defekte Stein gehoben und Fotos gemacht. Alles andere ist schon vorbereitet. Dann gibt es einen kleinen Umtrunk mit den Reportern und sie können Fragen stellen. Einige Universitäten hatten angefragt, ob man mit Studenten für Bauwesen und Architektur Führungen veranstalten könnte. Ich habe gesagt, dass ich die Anfrage weiterleite, Ihr Bruder würde es gutheißen. Vielleicht könnten Sie da morgen einen Hinweis darauf geben.«

»Sie denken, ich kann das nicht. Sie denken, weil ich nie hier bin, habe ich keine Ahnung von dem Job, oder?« Er fragte es ohne jede Emotion in seiner Stimme und genau genommen war es keine Frage, sondern eine Feststellung.

Leider traf er genau ins Schwarze und Marleen hatte nicht vor zu leugnen, dass genau das ihre Meinung war.

»Ich denke, dass Sie sich mehr hier oben blicken lassen sollten, wenn Sie dann ab und an das Zepter in der Hand halten wollen. Sie sind einer der Burgherren, einer derer, die sich dem Erbe verschrieben haben. Aber die Arbeit macht allein Ihr Bruder. Selbst zu diesem Baubeginn musste er Sie fast zwingen. Öffentliche Termine nehmen Sie nie wahr. Stattdessen findet man Sie in der Klatschpresse mit Ihren Betthäschen. Wenn Sie mich fragen, haben Sie es gar nicht verdient, dass die Leute hier Sie als Grafen sehen.«

Ups, das war eventuell zu viel gewesen.

»Tut mir leid, das wollte ich gar nicht ... also ich meine, ich wollte sagen, dass ... «

Doch er hob nur eine Hand und Marleen verstummte.

»Würden Sie mich bitte allein lassen! Damit ich Ihren Ansprüchen gerecht werde, muss ich wohl noch einiges nachholen, um an meinen Bruder und seine Arbeit heranzukommen.«

Sein Blick war nun nicht mehr glühend heiß, sondern eiskalt. Um seinen Mund konnte sie winzige Falten erkennen, die ihn verbissen aussehen ließen.

Sie hatte den Bogen überspannt und sich etwas herausgenommen, was ihr nicht zustand. Doch dieser arrogante Kerl trieb sie in den Wahnsinn und ließ sie unvorsichtig werden. Dabei hatte sie Daniel versprochen, dass alles wie am Schnürchen laufen würde und nun war er nicht mal wenige Stunden weg und alles ging schief. Sie war jetzt schon nervös. Was würde erst morgen werden? Musste Daniel denn gerade jetzt verschwinden? Sie hatte doch gar keine Erfahrung im Umgang mit der Presse. Was, wenn sein Bruder patzte oder gar abreiste? Sie könnte das nie und nimmer ausbügeln.

Sie musste sich dringend beruhigen und versuchte tief in den Bauch zu atmen. Alles würde gutgehen, sie würden das schaffen ... irgendwie.

Wie gut, dass sie sich nachher in ihre eigene Wohnung verkriechen konnte und nicht mit ihm hier oben allein sein musste.

Ob sie vielleicht doch noch einmal zu ihm gehen sollte? Doch da klingelte bereits wieder ihr Handy und Marleen wurde zur Kapelle gerufen, da ein Hochzeitspaar etwas ausgefallenere Wünsche äußerte und die Standesbeamtin nicht sicher war, ob eine Umsetzung möglich wäre.

Auch danach blieb keine Zeit, um noch einmal mit Dominik zu sprechen. Wie es schien, hatte er sich im Büro verschanzt, denn Nadja erzählte ihr, dass er seit ihrem Besuch nicht wieder rausgekommen war. Doch es täte ihm mal ganz gut, dass jemand Klartext sprach, meinte sie.

Marleen war sich nicht sicher, ob sie ihre Auffassung teilte.

Dennoch beschloss sie die Sache für heute auf sich beruhen zu lassen. Ein Gespräch würde sich schon noch ergeben, spätestens morgen vor dem Pressetermin müsste aber alles geklärt sein. Die Gefahr, dass es jemand mitbekam, den es nichts anging, war zu groß. Dominik traute sie tatsächlich alles zu.

Doch so lange musste sie gar nicht warten, denn etwa eine Stunde später stand Dominik in ihrer Tür und klopfte vorsichtig gegen den Rahmen. Marleen schreckte hoch, denn sie war gerade in den Unterlagen der Ahnen der von Steinthals vertieft. Sie versuchte noch immer, sich sämtliche Namen und Titel zu merken, doch verzweifelte einfach daran. Zumal sie auch keinen Sinn darin sah, denn ob Graf, Prinzessin oder Fürst – sie waren seit der Weimarer Republik nicht mehr anerkannt. Maximal klang es gut und gab einem ein erhabenes Gefühl.

»Könnten wir kurz reden? Wir müssen die nächsten Tage ja miteinander auskommen und ich hab das Gefühl, dass Sie einen falschen Eindruck von mir haben.«

»Natürlich, kommen Sie doch rein.«

Marleen stand auf und schloss nun doch die Tür hinter ihm.

»Bevor wir anfangen, wollte ich mich noch einmal entschuldigen, ich hatte nicht vor, Sie zu beleidigen. Die Pferde sind mit mir durchgegangen.«

So, nun war es raus. Wenn er jetzt sagen würde, dass er Daniel raten wird, sie zu kündigen, könnte sie es auch nicht ändern, wusste aber, dass es ihr unheimlich leidtun würde, denn inzwischen hing sie an der Burg und den Menschen hier.

»Auch wenn es Sie überrascht, ich nehme es Ihnen nicht übel. Denn Sie haben nicht ganz Unrecht. Trotzdem fehlt Ihnen einiges an Hintergrundwissen, um urteilen zu können. Sie sehen nur das Oberflächliche, was alle sehen, machen sich aber gleichzeitig nicht die Mühe und fragen nach.«

Er hatte sich nicht gesetzt, sondern stand mit dem Rücken ans Fenster gelehnt da. Die Hände in den Hosentaschen vergraben, das graue Sakko offen, die Beine an den Knöcheln übereinandergeschlagen. Würde Marleen es nicht besser wissen, würde sie denken, sie führen ein lockeres Gespräch über das Leben. Doch Dominiks Mimik verriet ihn, er war noch immer sauer.

Marleen wusste nicht recht wohin mit sich, also blieb sie ebenfalls stehen.

»Sie können mich nicht leiden, das ist offensichtlich. Wir hatten vielleicht auch einen etwas holperigen Start. Doch eigentlich bin ich nett und handzahm«, fuhr er fort.

»Ähm.« Marleen räusperte sich. Was sollte sie darauf nur antworten? Wollte er überhaupt eine Antwort.

»Wie dem auch sei. Mir ist klar, dass ich ohne Sie Daniels Abwesenheit wohl nicht überstehen werde, also würde ich gern unser Kriegsbeil wenigstens für diese Woche begraben. Sie haben das Sagen, ich folge Ihnen. Verraten müssen wir es ja keinem.« Nun schlich sich ein bubenhaftes Grinsen auf sein Gesicht.

»Damit kann ich leben«, erwiderte Marleen. »Ich will Ihnen Ihren Status hier nicht abnehmen, der Graf sind Sie und dürfen es gern bleiben. Ich hege keinerlei Interesse an einem Titel.«

»Doch auch Grafen haben Angestellte, die sie gut aussehen lassen ... «

» ... und die sie ab und an um die Ecke bringen. Also, übertreiben Sie es mal nicht, sonst ist der Friede gleich wieder vom Tisch«, warnte Marleen ihn spielerisch.

Dominik tat so, als wenn er von nichts wüsste und sie es völlig falsch verstanden hätte, machte sich dann aber wieder auf in sein Büro. Die Türen ließen sie nun offen.

~~~

Marleens Worte hatten ihn mehr getroffen, als er sich zuerst eingestehen wollte. Doch letztlich sprach sie nur seine Überlegungen der letzten Tage aus. Er hatte Bilanz gezogen, was sein bisheriges Leben anging und ohne es zu ahnen, hatte sie es zutreffend zusammengefasst.

Trotzdem wusste sie eben nicht alles und heute Abend wollte er das ändern. Warum es ihm so wichtig war, dass sie einen guten Eindruck von ihm bekam, konnte er selbst nicht sagen. Er könnte schon, müsste sich dann aber eingestehen, dass Marleen ihm imponierte, mehr als je eine Frau bisher.

Sie war nicht nur hübsch, sondern auch klug und engagiert. Genau das unterschied sie von den anderen Assistentinnen, die Daniel sonst so anschleppte. In seinen Augen waren sie alle Dumpfbacken gewesen und hinter seinem Geld her, auch wenn sein Bruder das natürlich nicht einsah.

Bei Marleen schien er wirklich ein gutes Händchen und eine riesige Portion Glück gehabt zu haben. Dass sie keine Titeljägerin war, sah nun auch Dominik ein.

Machte es die Sache besser? Nein.

Er wollte sie umso mehr, wusste aber nicht warum. Nur, dass es nicht der reine Sex war, den er anstrebte. Seit Amelia hatte er es vermieden so zu empfinden und war mit dieser Taktik sehr gut gefahren. Doch nun war alles anders, viel komplizierter.

Dominik hatte eine Flasche Wein aus dem väterlichen Vorrat geholt und sich auf den Weg zu Marleens neuer Wohnung gemacht. Vielleicht konnten sie den Waffenstillstand ja begießen.

Das Haus lag nicht weit entfernt vom See, hatte einen kleinen Garten und sah gut in Schuss aus. Es gab vier Wohnungen und Marleen schien auf der linken Seite im Erdgeschoss eingezogen zu sein. Jedenfalls hörte er von da leises Fluchen und Poltern. Als er um das Haus herumging, sah er die Terrassentür offen stehen und Licht brennen.

Marleen stand inmitten des Zimmers, in Latzhose und Shirt sah sie komplett anders aus als im Büro. Sie trug wieder diese eigentümliche Brille, die Haare bäumten sich in einem wilden Turm auf dem Kopf.

Wütend schmiss sie gerade etwas durch den Raum.

»Hallo«, machte Dominik sich leise bemerkbar. »Marleen?«

Sie sah auf und trat nach draußen. Da die Dämmerung bereits eingesetzt hatte, konnte sie ihn sicher nicht richtig sehen und er trat ins Licht.

»Ich bin es, Dominik.«

»Oh, Herr von Steinthal. Ist etwas passiert? Brauchen Sie Hilfe? Ich hab das Handy wohl nicht … «

Doch Dominik unterbrach ihren Redeschwall.

»Dominik, bitte und nein, ich brauche keine Hilfe, aber Sie schon, oder?«

Marleen warf einen verächtlichen Blick nach hinten ins Zimmer.

»Ich wollte ein Regal aufbauen, aber irgendwas passt da nicht oder der Plan ist falsch oder aber ich zu blöd dazu.«

»Soll ich Ihnen helfen? Ich habe auch Nervennahrung dabei«, schlug er vor und hielt die Weinflasche hoch.

»Sie können sowas? Ich meine, ich hätte Sie nicht für einen Handwerker gehalten.«

»Ja ja, ich weiß. Wir Adeligen hatten für alles Dienstboten«, lachte er. »Aber Sie haben recht, ein Handwerker bin ich nicht. Nur habe ich als Kind gern geschraubt und alles Mögliche erst auseinandergenommen und dann wieder zusammengebaut. Ich denke also, ich bekomme das hin.«

»Dann sehr gern.«

Marleen lachte und bat ihn herein.

Nicht ganz eine Stunde später stand das Regal und sie schoben es an die richtige Stelle im Wohnzimmer.

»Vielen Dank, das ging wirklich flink!«, bedankte Marleen sich.

Erst jetzt fiel ihm auf, dass sie ganz schön abgekämpft und müde aussah. Der Job auf der Burg und überhaupt die letzten Wochen hatten sicher geschlaucht. Nun der Umzug.

»Zeigen Sie mir die Wohnung?«, lenkte er ab, um den Impuls zu unterdrücken, sie in den Arm zu nehmen. Er wusste ja nicht mal, woher dieser kam.

»Natürlich, aber so viel gibt es da gar nicht zu zeigen«, damit wischte sie sich die Hände an den Hosenbeinen ab und gab ihm den Wink zu folgen.

Durch einen kleinen Flur ging es nach rechts ins Schlafzimmer, wo momentan nur eine Matratze lag, die halb ausgeräumten Taschen standen in der Ecke.

»Das Bett habe ich erst bestellt und auch der passende Schrank wird nächste Woche geliefert«, erklärte sie und führte ihn weiter.

Gegenüber befand sich ein kleines Bad mit Dusche und Toilette. Direkt vorn neben der Eingangstür war die Küche, anscheinend bereits eingebaut. Ein paar unausgepackte Kisten mit Gläsern und Geschirr, die Marleen entweder gekauft oder aus ihrer Berliner Wohnung mitgebracht haben musste, standen auf der Arbeitsfläche.

»Ich würde Ihnen ja etwas zu essen anbieten, aber bis auf ein bisschen Toast und Käse habe ich gerade nichts da«, entschuldigte sie sich.

»Warum sind Sie denn nicht noch in der Wohnung auf der Burg geblieben?«, fragte er überrascht. »Ein Umzug, wenn wenigstens das Bett da ist, hätte doch auch genügt. Wir brauchen die Wohnung doch gerade nicht.«

»Ich wollte Ihnen da oben nicht länger auf der Tasche liegen, schließlich habe ich auch keine Miete zahlen müssen und ab und an brauchen Sie die Wohnung auch selbst, wie wir ja feststellen konnten«, grinste sie ihn nun an.

»Das war tatsächlich das erste Mal, dass sowas passiert ist. Normalerweise haben wir alle einen Online-Planer und jeder, der die Wohnung braucht, trägt sich ein. Daniel muss es vergessen haben.«

Oder aber es war Absicht.

Mittlerweile mutmaßte Dominik nämlich, dass er Marleen so lange wie möglich von ihm fernhalten wollte. So eine Ratte!

»Es ging ja auch alles sehr schnell mit dem Umzug«, bestätigte Marleen und damit waren sie wieder zurück im Wohnzimmer.

»Immerhin haben Sie ein Sofa«, stellte Dominik fest.

»Ja, da habe ich eins genommen, was sofort lieferbar war. Wenn schon mein Bett länger braucht, dann wenigstens das.«

Inzwischen standen sie sich in der Tür direkt gegenüber, Dominik müsste nur einen winzigen Schritt machen und wäre bei ihr.

»Ähm also, ich will nicht unhöflich sein, aber ... «
Marleen stockte und trat unruhig auf der Stelle. Sie
sah ihn nicht an.

»Nein, alles gut. Ich habe Sie ja quasi überfallen.
Aber es freut mich, dass ich helfen konnte. Ich lasse
Sie dann mal allein, schlafen Sie sich aus und wir
sehen uns um zehn Uhr zum Termin auf der
Baustelle.«

»Ja, ganz bestimmt.«

In dem Moment, als er sich gerade zur
Wohnungstür drehen wollte, machte auch Marleen
einen Schritt zur Seite und landete direkt in seinen
Armen. Es war nicht geplant, doch seine Arme
schlossen sich ganz automatisch um sie, ihre Hände
legten sich auf seine Brust, drückten ihn jedoch nicht
weg. Stattdessen konnte er spüren, wie sie tief
einatmete, die Augen geschlossen hielt.

Mit der rechten Hand hob er vorsichtig ihren
Kopf an und ihre Blicken trafen sich. Sie wich nicht
aus, sondern sah ihn nun direkt an. Ganz langsam
näherte er sich ihren Lippen und noch immer war
keine Abneigung zu spüren, nichts, was ihn
aufhorchen ließ, dass er sie womöglich überrumpelte.
Als seine Lippen die ihren trafen, kam sie ihm
stattdessen zögerlich entgegen und er wagte mehr,
bat um Einlass, den sie ihm gewährte. Es war wie ein
Regen aus tausend Sternen, der auf beide niederging
und sie zu umhüllen schien.

Doch irgendwann schob er sie vorsichtig von sich, sonst hätte er für nichts garantieren können. Das Versprechen an seinen Bruder war zwar so und so gebrochen, doch Marleen war keine Frau für eine Nacht. Von ihr wollte er einfach mehr. Eine Einsicht, die ihn selbst überraschte und zur Flucht antrieb.

»Ach herrje ... oh nein!«, stammelte sie und ihre Wangen röteten sich leicht.

»Hey, hey«, zärtlich nahm er ihr Gesicht zwischen seine Hände. »Alles ist okay. Keine Panik, alles ist gut.«

Sie nickte mechanisch, doch irgendwie bezweifelte er, dass auch für sie alles in Ordnung war.

»Ich glaube, Sie sollten jetzt besser gehen«, murmelte sie, machte sich frei und stolperte regelrecht zur Haustür.

Dominik wollte sie nicht noch mehr durcheinanderbringen und auch für sein eigenes Seelenheil hielt er es für vernünftiger, tatsächlich einfach zu gehen.

»Wir sehen uns morgen, schlaf gut.« Vorsichtig strich er ihr beim Hinausgehen über den Arm. Ein reiner Reflex.

Auf dem Weg nach Hause kam dann die Erkenntnis, was er gerade angerichtet hatte. Hätte das nicht bis nach dem Pressetermin warten können?

Daniel würde ihn umbringen.

14

~*~

Das hatte ja perfekt funktioniert.

Als wäre sie aus reiner Langeweile ausgezogen, kreuzte Dominik nun hier auf und dann passierte sowas. Auf den Alkohol konnte Marleen es leider nicht schieben, denn selbst nach zwei Gläsern war sie noch recht klar im Kopf und hätte sich durchaus wehren können.

Doch irgendwie schien da jemand andere Pläne zu haben, außerdem roch er so gut und es fühlte sich nach Geborgenheit und Wärme an.

Nun stand sie vor ihrem Spiegel im Bad und betrachtete die dunklen Ränder unter ihren Augen.

Natürlich hatte sie letzte Nacht kein Auge zugetan. Unentwegt kreisten Bilder in ihrem Kopf. Bilder von blauen Augen.

Wie hatte sie das nur zulassen können?

Was nun? Wie sollte sie sich verhalten? Was erwartete Dominik von ihr? Sie wollte keines seiner Betthäschen werden, doch dass er es ernst meinen könnte, konnte sie sich auch nicht vorstellen. Jedenfalls nicht nach ihren einschlägigen Erfahrungen mit Jan, der eben genauso war. Bei ihm hatte sie alle Warnungen von Kollegen in den Wind geschossen und ihm geglaubt, dass er nur sie wollte und sie liebte. Die rosarote Brille saß perfekt. Pah! Was hatte sie letztlich davon gehabt? Gar nichts!

Doch es nützte nichts, sie müssten zuerst den Termin mit der Presse überstehen. Marleen hoffte einfach auf Dominiks Professionalität und dass alles ohne Zwischenfälle über die Bühne gehen würde. Zum Glück spielte das Wetter mit, es war trocken und sonnig. Trotzdem wählte sie einen dunkelgrauen Hosenanzug und flache Schuhe, denn inzwischen wusste sie, dass zu solchen Anlässen einfaches Schuhwerk die bessere Wahl war.

Für den Notfall nahm sie ihren schwarzen, halblangen Mantel mit, denn der Wind war heute ziemlich heftig und würde so die Temperaturen nach unten drücken. Aus zwanzig Grad konnten oben auf dem Burgberg dann schnell gefühlte zehn werden.

Sie dankte wem auch immer für die Erfindung von Concealer und Make-up, den Kaffee schüttete sie regelrecht hinunter und machte sich dann auf den Weg zur Burg.

Nur nicht darüber nachdenken, nur nicht darüber nachdenken, betete sie wie ein Mantra vor sich her. Doch kaum sah sie Dominik aus seinem Wagen steigen, als sie gerade auf den Parkplatz fuhr, war alles wieder da. Der Kuss, seine Lippen, seine Hände, sein Duft!

Sie parkte ein, schloss für Sekunden die Augen, um sich zu sammeln, als auch schon die Fahrertür geöffnet wurde.

»Guten Morgen, Marleen!«, begrüßte er sie freundlich, jedoch völlig normal. Nichts deutete auf gestern hin.

Was hast du denn erwartet, schalt sie sich? Dass er dich in seine Arme schließt und dir ewige Liebe schwört oder dich gar über die Motorhaube wirft und …

So langsam zweifelte Marleen an ihrem Verstand. Das musste aufhören, sie hatte einen Job!

»Guten Morgen!«, grüßte sie also ebenso freundlich zurück und stieg aus.

»Alles okay?« Sein Blick traf erneut den ihren und eine Ameisenarmee lief auf ihrem Rücken los.

»Natürlich«, erwiderte sie nur, räusperte sich dann verhalten und wich seinem Blick aus.

»Ist die Presse schon da?«

»Nein, aber das Bauunternehmen hat bereits alles aufgebaut und vorbereitet. Wir sind etwas früh, trinkst du noch einen Kaffee mit mir im Restaurant?« Wann waren sie denn ins Du gewechselt? Doch damit konnte sie sich gerade nicht befassen.

»Hm.«

Nein! Warum hatte sie nicht nein gesagt, Arbeit vorgeschoben oder Magengrummeln?

Jedoch konnten sie so vielleicht noch vor dem Termin kurz über gestern reden ... gab es denn überhaupt etwas zu reden? Sah das nur sie so?

Als sie sich setzten und beide ihren Kaffee vor sich hatten, war es tatsächlich Dominik, der begann:

»Es tut mir leid, was gestern passiert ist. Also nicht der Kuss, sondern dass ich dich ein wenig überrumpelt habe. Das war gar nicht meine Absicht.«

»Hm.«

»Aber du sollst wissen, dass ich es keinesfalls bereue.«

»Hm.«

Marleen hatte das Gefühl, dass ihr Gesicht bereits rot wie eine Tomate leuchten müsste. Was sollte sie nur sagen? So war das doch alles gar nicht geplant.

»Du solltest schon ein wenig mehr als zwei Buchstaben formulieren können, wenn gleich die Presse Fragen stellt. Ich übernehme den Hauptteil, kann aber nicht garantieren, dich da völlig raushalten zu können«, scherzte er und zwinkerte ihr zu. »Also?«

»Ich weiß ehrlich nicht so recht, was ich sagen soll. Also gestern ... der Kuss ... keine Ahnung, wie ... «, stammelte sie und kam sich ziemlich blöd dabei vor. Doch leider entsprach das genau dem Chaos in ihrem Kopf.

»Nun komm erstmal runter«, beruhigte er sie und legte seine Hand auf die ihre. »Letztlich war es nur ein Kuss, mehr nicht. Ich habe ihn genossen, du hoffentlich auch. Wir sind erwachsene Menschen und können damit umgehen. Wenn es mehr werden sollte, okay. Wenn nicht, genauso okay. Und nun hör auf zu grübeln, das kommt auf Fotos nicht sehr gut.«

~~~

Am liebsten hätte er sie ja in den Arm genommen, doch so, wie sie aussah, wäre sie wohl schreiend davongerannt. Außerdem waren die ersten Presseleute eben angekommen und denen wollte er keine weiteren privaten Fotos gönnen. Heute war Burg Steinthal wichtig. Sie müssten das jetzt ohne Stolpern über die Bühne bringen und er war sich sicher, dass Marleen das auch packen würde.

Vielleicht war ja Arbeit genau das Richtige und sie würde aufhören zu grübeln. Immerhin war sie keine, die sofort die große Liebe von ihm erwartete, gefolgt von Heiratsantrag und Kindern. Marleen schien dem Ganzen eher abgeneigt, was ihm zwar auch missfiel, doch für den Anfang die bessere Ausgangsposition lieferte.

»Ja, ich denke, du hast recht«, bestätigte sie endlich. »Wir sollten jetzt vielleicht auch langsam los, es ist fast zehn Uhr.«

Dominik nickte und beide erhoben sich, er half ihr in den Mantel, schnappte sich sämtliche Unterlagen, die er bereits aus dem Büro geholt hatte. Auf dem Weg zum Nordturm, der nun für die nächste Zeit eine Baustelle sein würde, legte er vorsichtig die Hand in ihren Rücken. Sie sah ihn zwar kurz fragend an, machte aber immerhin keine Anstalten diese wegzuschieben. Zumal dies eine völlig normale Geste war und niemand darauf schließen würde, was gestern geschehen war.

Hätte sie ihn gelassen, wäre auch noch mehr passiert und im Grunde war er ganz froh darüber, dass Marleen ihn dann doch hinausquittiert hatte. Ab einem bestimmten Punkt gibt es kein Zurück mehr und den hätten beide sicher schnell erreicht und sich heute Morgen erst recht nicht in die Augen blicken können.

An der Baustelle angekommen, begrüßten sie die hiesige Presse und auch das Team um den Bauleiter herum. Es wurden viele Hände geschüttelt, denn auch

Vertreter aus der Politik waren zugegen, schließlich war Burg Steinthal ein Touristenmagnet in der Gegend und die Sanierung staatlich gefördert. Marleen hielt sich im Hintergrund, machte aber alle Beteiligten miteinander bekannt. Auch wenn er konzentriert auf die Fragen antwortete, hatte er stets ein Auge auf sie. Doch das musste er gar nicht, denn sie wirkte professionell, nichts ließ auf ihren vormals etwas durcheinandergeratenen Gemütszustand schließen.

Trotzdem ahnte er, dass Marleen Millionen von Fragen durch den Kopf gingen. Dominik konnte nicht einschätzen, was genau sie bereits über ihn wusste, was sie diversen Klatschblättern und dem Internet entnommen hatte und was Daniel ihr erzählt hatte. Sicher ist sie von allen Seiten gewarnt worden. Daran konnte er nun leider nichts mehr ändern, ganz unrecht hatten diese Menschen ja auch nicht.

Von Daniel wusste er, dass Marleen auf der Burg, bei Kollegen und auch im Ort sehr beliebt war. Sollte er ihr in irgendeiner Weise wehtun, bräuchte er sich hier nicht mehr blicken zu lassen. Adelstitel hin wie her, sie würden ihn mit Mistgabeln und Besen verjagen.

»Herr von Steinthal, wie kommt es, dass Sie hier heute stehen? Sonst ist doch Ihr Bruder für die Angelegenheiten der Burg zuständig.«

»Das stimmt, aber Graf Daniel von Steinthal ist momentan als Gastdozent an der Uni München tätig und konnte daher diesen Baubeginn nicht begleiten, lässt aber grüßen.«

»Werden wir Sie nun öfters hier sehen?«

»Das könnte sein«, witzelte er, sah dabei allerdings direkt Marleen an. Diese zuckte regelrecht zusammen. Zum Glück hatte keiner der Anwesenden etwas bemerkt.

Der Bauleiter präsentierte den ersten geborgenen Stein des alten Mauerwerks. Jeder wurde beschriftet, bekam eine Nummer und wurde dokumentiert, sodass genau verfolgt werden konnte, an welche Stelle er gehörte. Bei kaum einer Burg war das Baugeschehen vor 150 Jahren so genau bekannt wie hier, was sie natürlich besonders interessant und wertvoll machte.

»Liegt es daran, dass Sie erneut den größten Teil der Sanierung finanzieren?«, fragte der Reporter weiter.

»Das tue ja nicht ich allein, sondern mit meiner Firma und einigen Geschäftspartnern und ein gehöriger Anteil kommt ebenfalls von staatlicher Seite. Aber ich denke, dass ich meinem Bruder ein wenig zur Hand gehen werde, sollte unsere Destillerie bekannter werden. Der Obstler hat es definitiv verdient.«

Allgemeines Gelächter - und diese Sekunde nutzte er, um wieder einen Blick zu Marleen zu werfen. Sie sah ihn mit offenem Mund und erstauntem Blick an. Die Tatsache, dass er Burg Steinthal finanziell unterstützte, hatte wohl ihr Weltbild, was ihn betraf, ins Wanken gebracht. Sein Siegesgrinsen konnte er sich nicht mehr verkneifen, verkaufte es aber als Freude über den Baubeginn.

»Herr von Steinthal, eine Frage noch: Sie waren in letzter Zeit nicht mehr so oft in weiblicher Begleitung zu sehen und hier auf der Burg gab es auch personelle ... weibliche ... Veränderungen. Hat das eine etwas mit dem anderen zu tun?«

Marleen zuckte zusammen und sah ihn bittend an. Doch mit dieser Art Fragen hatte er gerechnet.

»Nein, das eine ist eine private Sache, das andere war die berufliche Entscheidung meines Bruders, die ich allerdings sehr begrüße. Frau Sommer arbeitet nun seit einigen Wochen bei uns und ist inzwischen unentbehrlich geworden.«

Damit deutete er kopfnickend auf Marleen, was natürlich zur Folge hatte, dass sich sämtliche Blicke auf sie richteten. Sie meisterte es jedoch perfekt, lächelte gekonnt in die Runde und bedankte sich.

Damit war der Termin auch schon beendet und er konnte förmlich die Steine von ihrem Herzen poltern hören. Sie musste doch wirklich gedacht haben, dass er mit derlei Herausforderungen überfordert wäre.

Was glaubte sie denn, wie er seine Firma aufbauen konnte?

15

~*~

Die Erleichterung stand ihr sicherlich ins Gesicht geschrieben, als Dominik seine Erklärungen beendet hatte und die Reporter ihre Fragen stellen konnten. Er wirkte souverän und als wenn er dies schon immer gemacht hätte. Nicht mal die eigentlich gar nicht gestattete Frage zu seinem Privatleben brachte ihn aus dem Konzept. Marleen hingegen wäre am liebsten ins nächste Mauseloch verschwunden. War sie als Assistentin denn so wichtig, dass man darüber schreiben musste? Unfassbar oder aber die Zeitungen hatten nichts Wichtigeres zu berichten.

»Na das lief doch super, oder?«, fragte Dominic leise, als sich die Menge im Burghof verteilte. Einige fuhren sofort wieder ab, andere setzten sich noch in den Biergarten und genossen das schöne Wetter.

»Ja, ich denke auch.«

»Die Idee mit den Baustellenbegehungen ist sehr gut. Ich glaube, die meisten können sich gar nicht vorstellen, wie schwierig es damals war.«

»Das denke ich auch. Dazu haben wir auch in der Ausstellung einen ganzen Bereich abgeteilt. Es gibt sogar kleine Modelle von damaligen Kränen, wenn man die denn schon so nennen konnte.«

Sie schlenderten durch einen Seitengang und blieben kurz vor der Tür zum Haupthaus stehen.

»Kam die Idee von dir?«, fragt er nach.

»Nein, Ihr Bruder hatte sie schon vor mir. Vielleicht war ja meine Vorgängerin so clever gewesen.«

Dominik schnaufte abwertend.

»Nein, ganz sicher nicht. Ich habe keine Ahnung, wo mein Bruder sie aufgegabelt hatte, aber sie war ganz sicher nicht für den Job qualifiziert.«

»Woher wollen Sie das wissen? Sie waren doch nie hier!«, rutschte ihr die Frage heraus, bevor sie darüber nachdenken konnte. Marleen wendete den Blick ab, griff nach der Klinke und wollte diese gerade herunterdrücken, als Dominik sie am Arm zurückhielt.

Er sah sie ernst an.

»Doch, ich war recht oft hier. Zu oft«, gab er leise bei. »Du wirst es ja sowieso sicher irgendwann hören, aber wir hatten eine Affäre und sie kam nicht damit klar, dass ich nicht mehr wollte.«

»Und hat gekündigt«, beendete Marleen seine Ausführungen. »Ich weiß.«

»Genau.« Dominik zog eine Grimasse.

»Und bei den anderen war es genauso.«

Wieder ein Nicken seinerseits.

Marleen wusste gerade nicht, ob sie lachen oder weinen sollte angesichts seines wirklich zerknirschten Ausdrucks. Natürlich hatte ihr der Buschfunk das Wesentliche bereits zugetragen, aber ein ganz kleiner Teil in ihr hatte gehofft, dass sich alles letztlich nur als Gerücht herausstellen würde.

»Naja, das wird ja dieses Mal hoffentlich nicht passieren«, erwiderte sie. »Soweit ich weiß, bin ich kaum Ihr Beuteschema und aus sicheren Quellen weiß ich ebenfalls, dass Ihre Frauen am besten nur lächelnd neben Ihnen stehen sollten. Die Gefahr ist also gebannt.«

Nun änderte sich sein Gesichtsausdruck.

»Ja, ich weiß, dass ich einen miesen Ruf habe, ich gedenke ihn aber zu ändern. Immerhin war ich heute hier. Und du kannst mich ruhig duzen, immerhin waren wir schon einen Schritt weiter.«

»Ha!«, lachte Marleen sarkastisch. »Sie meinen, weil Sie einmal etwas übernommen haben und mich nicht gleich am ersten Abend flachgelegt haben, sind Sie rehabilitiert? Oh nein, so einfach ist das nicht.«

Auf Dominiks Lippen legte sich ein böses Grinsen und er kam ihr bedrohlich nahe.

»Wenn ich es gestern drauf angelegt hätte, wärst du Wachs in meinen Armen gewesen. Das wissen wir beide.«

Marleens Beine wurden weich und sie konnte von Glück reden, dass sie den Türrahmen im Rücken hatte und sich anlehnen konnte. Trotzdem hielt sie seinem Blick stand, wenngleich sie ahnte, dass sie rot wie eine Tomate leuchten musste.

Er hatte mit allem recht. Hätte er gestern nicht aufgehört und sie wäre zur Besinnung gekommen, sie hätte es letztlich nicht gekonnt.

Wie jämmerlich!

Siegessicher griff er um sie herum, öffnete nun selbst die Tür, hielt Marleen aber vorsichtshalber am Arm. Sie strauchelte, wischte dann aber seine Hand weg und stieg missmutig die Stufen nach oben zu den Büros. Zum Glück hatte sie den Rest des Tages genug zu tun, sodass dieser aufgeblasene Angeber sich hoffentlich schnell aus ihren Gedanken vertreiben ließ. Dieser blöde Sommerball musste organisiert werden und zu allem Übel hatte Daniel ihr angedroht, dass sie dieses Mal nicht drumherum käme teilzunehmen.

Dabei hasste sie tanzen und gesellschaftlich verordnetes Freundlichsein. Im Beruf war das etwas anderes, da musste sie es auf Knopfdruck abliefern können. Doch im Privaten war sie einfach nur froh, wenn sie ihre Ruhe hatte.

Heute Abend müsste sie auf jeden Fall mit Caro telefonieren, sie brauchte definitiv ihren Rat und ein paar Möbelstücke waren auch noch aufzubauen. So ging sie auf Nummer sicher, dass Dominik keine Sekunde Platz haben würde in ihrem Kopf.

~~~

Nun reichte es aber. Es war neunzehn Uhr und Marleen saß noch immer am Schreibtisch, verkrochen hinter Bergen von Unterlagen. So viel kann sie doch gar nicht zu tun haben oder aber sein Bruder hatte sie mit Arbeit zugemüllt, nur damit sie ihm ja nicht zu nahe käme. Er klappte seinen Laptop zu und marschierte einfach in ihr Büro, baute sich mit verschränkten Armen vor ihrem Schreibtisch auf.

»Wie lange willst du hier noch sitzen? Meinst du nicht, es reicht für heute?«

»Was?«, verwundert sah sie auf und es war offensichtlich, dass sie gar nicht wusste, wie spät es inzwischen war.

»Es ist Feierabend, Schluss für heute!«

Damit ging er um den Schreibtisch herum, zog den Bürostuhl zurück, sodass Marleen aufquiekte und sich panisch an den Armlehnen festhielt. Dann griff er ihre Hand und zog sie hinter sich her.

»Du musst doch sicher alles über unsere Burg erfahren. Dazu gehört natürlich auch, dass du lernst, wie man Obstler herstellt«, erklärte er, während er nach Mantel und Tasche suchte, ihr beides in die Hand drückte und sie aus dem Büro schob.

Zum Glück war Marleen zu perplex, um sich wehren zu können und ließ alles mit sich geschehen.

Erst am Wagen kam Leben in sie.

»Sag mal, spinnst du! Du kannst mich doch nicht ... ich meine natürlich Sie können doch nicht einfach. Ich hab noch etwas vor und überhaupt ... «, protestierte sie.

Doch Dominik ignorierte es einfach, öffnete die Beifahrertür seines Wagens, ließ sie einsteigen, was sie auch anstandslos machte und ging danach um den Wagen herum.

»Doch, ich kann. Du bist uns keine Hilfe, wenn du bereits nach wenigen Wochen wegen Erschöpfung ausfällst. Also gibt es nun Abwechslung. Quasi herrschaftlich verordnet.«

Natürlich war er noch immer enttäuscht wegen ihrer Äußerung vor der Tür. Er hatte gehofft, dass der

Kuss sie milde gestimmt hatte, doch das war wohl nicht der Fall. Stattdessen ging sie davon aus, dass auch sie nur eine Bettgeschichte werden sollte. Allerdings hatte er ihre Reaktion genossen und sofort gewusst, dass er ins Schwarze getroffen hatte.

Ihm ging es ja nicht besser. Die halbe Nacht lag er wach, bis er sich letztlich doch allein Erleichterung verschaffen musste. In Gedanken war er dabei allerdings bei Marleen. Wenn sie wüsste ... tat sie aber zum Glück nicht.

Dominik hatte ja nicht erwartet, dass es einfach werden würde. Genau genommen hatte er rein gar nichts erwartet ... bis zu dem vermaledeiten Tag der Ausstellung. Wäre er mal daheim geblieben, so wie es geplant gewesen war. Aber nein, sein blödes schlechtes Gewissen hatte ihn dazu gebracht, sich doch mal zu zeigen. Nur mit Marleen hatte er eben nicht gerechnet. Natürlich wären sie dann spätestens jetzt aufeinandergetroffen und ob das die bessere Lösung gewesen wäre, war fraglich. Er hatte einfach nicht damit gerechnet, dass sie einschlagen würde wie eine Bombe und sein ganzes bisheriges Leben, seine Ansichten und Prioritäten mit einem Mal in Frage stellen könnte. Er begann tatsächlich zu reflektieren und über sein Handeln nachzudenken, vor allem im Hinblick auf Marleen in seinem Leben.

Wann genau hatte er eigentlich beschlossen, dass er genau sie wollte? Hatte er das denn überhaupt? Er musste über sich selbst lachen. Natürlich wollte er sie, sonst würde er sich nicht die Mühe machen, sondern ins nächste Hotel fahren oder eine der Touristinnen aus der schwedischen Reisegruppe vögeln, die ihm heimlich ihre Nummer zugesteckt hatte.

»Ihnen ist klar, dass das hier unter Entführung fällt und ich Sie anzeigen könnte«, bemerkte Marleen von der Seite und funkelte ihn böse an.

»Nein, ist es nicht. Das war eine Rettungsaktion. Ich habe die holde Maid aus den Fängen des bösen Ritters befreit, der sie mit Arbeit eingedeckt hatte, bevor er auf Raubzug ging.«

Marleen gluckste, dann prustete sie los vor Lachen.

»Du hast ja einen Knall!«, lachte sie und er stimmte gern mit ein. Immerhin schien sie nicht mehr sauer zu sein und auch endlich das persönlichere "du" anzunehmen.

»Na schön, edler Ritter. Wo fahren wir denn hin?«

»In unsere Destillerie, ist nicht weit, gleich bei der Obstplantage. Aber es lohnt sich.«

»Okay, da war ich tatsächlich noch nicht. Daniel wollte sie mir immer mal zeigen, wir haben es aber nie geschafft.«

»Siehst du. Ich finde, wir haben das heute ziemlich gut über die Bühne gebracht und uns einen Umtrunk verdient. Außerdem hoffen wir, mit unserem Obstler über Landesgrenzen hinweg erfolgreich zu sein und somit auch die Burg ein bisschen bekannter zu machen. Die Säfte können wir nur regional verkaufen, dafür ist der deutschlandweite Markt einfach zu gesättigt. Aber der Obstbrand bietet uns viel größere Möglichkeiten.«

Marleen lächelte ihn das erste Mal wirklich ehrlich an und stimmte zu.

Dominik war schon eine Weile nicht mehr hier gewesen. Erst als die Idee mit dem Obstler als zusätzliche Werbestrategie aufkam, hatte er sich die Anlage angeschaut und mögliche Investitionen vorgeschlagen, die allerdings bei Daniel erstmal auf taube Ohren stießen. Nach und nach konnte er seinen Bruder aber überzeugen und sollte recht behalten, was den Erfolg anging. Nur müssten sie jetzt eben dranbleiben und weiter investieren, vor allem aber bekannter werden.

Soweit er wusste, war bereits sein Großvater ein leidenschaftlicher Likörtrinker gewesen und so konnte man alte Traditionen in moderner Form aufleben lassen. Er selbst bevorzugte Whisky, dennoch sollte man natürlich über Dinge, die man anbot und im Namen der Burg verkaufte, Bescheid wissen.

Die Fahrt dauerte keine zwanzig Minuten und sie hielten vor dem Eingang der Obstplantage. Ein breiter Weg führte zum Haupthaus, in dem die Destillerie und auch ein kleiner Hofladen untergebracht waren. Er hatte im Vorfeld bereits mit dem Leiter telefoniert und dieser erwartete sie am Eingang.

»Hallo Frau Sommer, schön Sie endlich persönlich kennenzulernen! Bisher hatten wir ja nur telefonischen Kontakt. Ich bin Thorsten Meinsfeld, aber sagen Sie ruhig Thorsten.«

»Ach, das ist ja schön. Nun habe ich ein Gesicht zur Stimme«, freute sich Marleen und reichte ihm die Hand. Eine Spur zu freundlich, wie Dominik befand.

Die beiden Männer kannten sich bereits und begrüßten sich ebenfalls mit Handschlag.

»Dann wollen wir mal, folgen Sie mir ins Allerheiligste. Ich habe auch schon etwas vorbereitet.«

Damit ging er voraus, Marleen und Dominik folgten. Hier hatte sich einiges getan. Überall hingen Informationen für die Besucher, auch was die Burg und deren Geschichte anging, über die Arbeit auf der Obstplantage und das damalige Verfahren zur Likörherstellung. Man konnte sich eine alte Presse ansehen und es selbst probieren.

Auch Marleen schien sehr angetan und schaute sich um. Thorsten erklärte hier und da etwas, beantwortete geduldig ihre Fragen. Bis Dominik einschritt, sonst würden sie wohl nie zur Verkostung kommen.

16

~*~

»Na los, ich glaube, du kannst deine Fragen auch danach noch loswerden oder wir nehmen dir einen Ordner mit, in dem alles erklärt wird«, lachte Dominik und zog sie weiter. Anscheinend ging es ihm zu langsam, dabei war das wirklich interessant.

»Setzen Sie sich!«, bot ihnen Thorsten zwei Plätze an, die sich um ein großes, altes Fass befanden, welches zu einem Tisch umfunktioniert worden war. Auf diesem standen fünf kleine Flaschen mit dem Logo der Burg drauf.

»Wir haben hier verschiedene Sorten unseres Obstlers. Da wir Birnen und Äpfel anbauen, sind dies natürlich auch die bevorzugten Sorten. Aber wir haben ganz neu ebenfalls Pflaume im Angebot durch eine Verbindung mit einer anderen Obstplantage im Süden Deutschlands. Daraus entstanden dann unsere eigenen Kreationen.«

Zuerst probierten sie die hauseigenen Varianten. Marleen musste husten, als sie das erste Glas ausgetrunken hatte. Dabei waren es ja wirklich nur winzige Schlückchen. Doch schon nach dem zweiten wurde ihr merklich wärmer und sie legte ihr Tuch ab und zog den Blazer des Hosenanzuges aus. Dominik kommentierte es nur mit einem anzüglichen Grinsen, welches sie gekonnt ignorierte.

Marleen wusste noch immer nicht, was er von ihr wollte oder was dieses Balzgehabe sollte. Der Kuss gestern passte ebenfalls nicht ins Bild, auch nicht seine Fürsorge heute Morgen. Doch wozu die Mühe? Wollte er etwa nur seinen Bruder ärgern? Doch auch hier konnte sie den Grund nicht erkennen. Letztlich bereitete er ihm somit nur mehr Arbeit, denn dieser musste ja ständig nach neuen Assistentinnen suchen. Außerdem könnte er ohne große Probleme sämtliche Touristinnen vernaschen. Schließlich hatte sie ja gesehen, wie ihm etwas zugesteckt wurde.

Du meine Güte! War sie deshalb so sauer auf ihn gewesen? Weil er mit einer anderen geflirtet hatte, wurde sie eifersüchtig?

Schnell kippte sie noch einen Obstler hinunter, leider konnte sie nicht mal mehr sagen, wonach er schmeckte. Auch die Erklärungen dazu hörte sie kaum. Ihre Gedanken waren zu sehr mit dem Mann neben sich beschäftigt, der sie zudem noch ohne Unterlass ansah. Nebenher unterhielt er sich mit dem Verwalter über weitere Ideen und auch den Ausbau des Hofladens, als wenn nichts wäre.

»Entschuldigung, aber wo finde ich die Toiletten?«, fragte Marleen, nachdem alle fünf Sorten probiert waren und rutschte etwas unbeholfen vom Stuhl. Hätte Dominik sie nicht gehalten, wäre sie wohl auf dem Boden gelandet. Ein kleines Kichern entwich ihr.

»Oh je!«, erwiderte er nur. »Ich glaube, ich begleite dich besser.«

»Was? Nein, ich kann das alleine«, wehrte sie ihn ab, machte sich frei und schaffte es tatsächlich unfallfrei bis zur Toilette etwas weiter vorn im Gang.

Wann hatte sie heute das letzte Mal etwas gegessen? Der Obstler auf fast leeren Magen war keine gute Idee gewesen. Alles drehte sich und ihr Magen rebellierte leicht. Marleen ließ kaltes Wasser über ihre Handgelenke laufen und befeuchtete sich ein Papierhandtuch, legte es sich in den Nacken. Da sowieso keiner weiter hier war, rutschte sie einfach an der Wand hinunter und schloss kurz die Augen. Die Kühle des Tuches half immerhin die Übelkeit zu vertreiben und die Welt hörte auf sich zu drehen. Nach ein paar Minuten Ruhe ging es ihr auch schon merklich besser. Wie konnte ihr das nur passieren? Nach Jan hatte sie um solche Kerle einen riesigen Bogen gemacht und dann kommt Dominik und alle ihre guten Vorsätze gehen den Bach runter. Dabei mochte sie ihn doch gar nicht!

»Marleen?«, hörte sie plötzlich Dominik an die Tür klopfen.

»Ja, alles gut. Ich komme gleich«, rief sie schnell, damit er nicht auf die Idee kam hineinzukommen, doch es war zu spät.

»Ach herrje, du verträgst nicht viel, oder?«

Er zog sie an den Armen hoch, direkt in seine hinein. Er roch so gut und sie kuschelte sich an seine Schulter. Wenn es nach ihr ginge, könnten sie hier stehen bleiben, vergessen waren die Gedanken von eben.

»Nichts gegessen«, flüsterte sie nur, aber er verstand.

»Warum hast du denn nichts gesagt?«

Er legte einen Arm um ihre Taille und begleitete sie nach draußen, wo bereits ihre restlichen Sachen auf einem kleinen Tisch auf sie warteten.

Die frische Luft tat gut und ihr Kopf klärte sich noch ein wenig mehr. Dominiks Arm hielt sie noch immer, auch wenn sie ihn gar nicht mehr gebraucht hätte. Sie beließ es dabei und genoss es einfach.

Dabei sollte sie das doch gar nicht! Sie mochte ihn nicht, er war arrogant und ein Weiberheld. Weiberheld? Wo hatte sie das denn her?

Das kleine Kichern konnte sie leider nicht mehr unterdrücken.

»Was ist so witzig?«, hakte Dominik natürlich nach.

»Gar nichts, alles bestens«, redete sie sich heraus, doch er ging nicht drauf ein, begann stattdessen sie in die Seite zu kneifen, was sie umso mehr kichern lies.

»Los, sag, was gerade so witzig war! Hast du etwa über mich gelacht?«, zog er sie gespielt verärgert auf. Sie wollte flüchten, doch er war schneller, packte sie von hinten und umschlang sie mit beiden Armen. Was dazu führte, dass sie nur noch mehr lachen musste.

»Ich kann nicht mehr. Gnade, der Herr!«, flehte sie. »Ich bin nur eine einfache Magd auf der Burg.«

»Ha, Gnade gibt es bei mir nur gegen Zahlung eines Zehnten.«

»Aber ich hab kein Gold«, stieg Marleen auf das Spiel ein.

»Dann fordere ich einen Kuss.«

Er drehte sie so schnell um, dass sie für eine Sekunde die Orientierung verlor und drückte sie rücklings gegen seinen Wagen, klemmte sie regelrecht ein.

Marleen japste nach Luft, musste aber noch immer kichern.

»Also?«

»Also was?«

»Ich lass dich nicht gehen, bevor du gezahlt hast«, grinste er.

»Sonst? Wirfst du mich dann auch auf die Motorhaube?«, kicherte sie.

»Du hast also auch das gelesen. War ja klar«, grummelte er, drückte sein Becken aber gegen sie, sodass ziemlich eindeutig wurde, dass er nicht nur einen Kuss wollte.

Marleen wurde heiß, instinktiv rieb sie sich an ihm, sah ihm tief in die Augen. Sie war sich bewusst, dass sie sich so etwas im nüchternen Zustand nie getraut hätte. Doch gerade war ihr alles egal. Sie wollte ihn, so wie er sie wollte, sie waren erwachsen. Also who cares?

Sein Blick verdunkelte sich und im nächsten Moment landete sein Mund auf ihrem, er umfasste ihren Kopf und hielt ihn an Position. Was unnötig gewesen wäre, an Flucht dachte Marleen kaum. Stattdessen wollte sie viel mehr. Ihre Hände fanden den Weg unter seine Jacke und öffneten die Knöpfe des Sakkos. Wärme empfing sie, sie umschlag ihn und zog ihn noch näher heran. Nur noch das eine Mal, mehr würde es nicht geben. Im letzten Winkel ihres Gehirns regte sich vehementer Widerstand und die

Vernunft wollte an die Oberfläche, doch Marleen schaltete den Kopf einfach aus. Nur noch dieses eine Mal!

~~~

Dominik wusste, dass der Alkohol einen gehörigen Anteil an ihrer Reaktion hatte. Sie war nicht nur ein wenig beschwipst. Doch er war einfach zu viel Mann, als dass er ihrem Anblick hätte widerstehen können. Die geröteten Wangen, der halb geöffnete Mund ... wer sowas ignorieren konnte, musste blind sein.

Trotzdem schaltete sich sein Gehirn ein, als sie das Sakko öffnete und wenig später am Hemd zupfte, um es aus der Hose zu ziehen.

Er ließ widerwillig von ihr ab, schnappte sich ihre Hände und suchte ihren Blick.

»Marleen, stopp! Wenn du weitermachst, kann ich für nichts garantieren. Aber du hast ordentlich getrunken und ich will nicht, dass du bereust, was wir tun würden. Ich will, dass du bei klarem Verstand bist und es genießt.«

Marleen zog einen Schmollmund, was ihn zum Lachen brachte. Auch da sprach der Alkohol, denn solch eine Geste kannte die nüchterne Marleen gar nicht.

Er hasste sein neues Ich! Warum tat er sich das an? Sie wollten sich doch beide, es war kaum zu übersehen. Vielleicht war Marleen soweit klar im Kopf, dass sie es abschätzen könnte? Doch dieses Risiko wollte er nicht eingehen. Dominik wollte sich keinesfalls nachsagen lassen, dass er sie absichtlich betrunken gemacht hätte, um leichtes Spiel zu haben. Am nächsten Morgen käme dann das böse Erwachen und er konnte nicht einschätzen, wie fair sie die Sache sehen würde oder ob er der Alleinschuldige bliebe.

Der ausschlaggebende Punkt war allerdings, dass Marleen ihm zu schade war für eine unbedeutende Nacht. Er wollte sie tatsächlich an seiner Seite, nicht nur im Bett. Er wollte jede ihrer Facetten kennenlernen, doch im nüchternen Zustand.

»Nein«, beeilte sie sich zu sagen, fiel ihm beinahe ins Wort. »Ich ... will ... das ... also ... du weißt schon.«

Er schüttelte den Kopf.

»Ich glaube, ich bringe dich besser heim.«

Dieser Satz fiel ihm so unendlich schwer, doch Marleen schien ebenfalls aufgewacht zu sein und nickte nur stumm. Sie stiegen ins Auto und eine bedrückende Stille legte sich während der gesamten Fahrt auf den Wagen. Dominik wusste jedoch nicht, wie er diese aufheben sollte.

Eigentlich tat er doch nur das, was sie von ihm verlangte: Endlich Verantwortung übernehmen und nicht über jeden Rock herfallen. Jedoch schien dies auch nicht das Richtige zu sein. Oder war es ihr einfach peinlich, weil sie ein wenig zu viel getrunken hatte?

Als sie bei Marleen ankamen, sprang sie förmlich aus dem Wagen, Dominik stieg ebenfalls aus und begleitete sie noch zur Tür.

»Willst du noch mit reinkommen?«, flüsterte sie und sah ihn unter halb geschlossenen Lidern verführerisch an, während ihr Zeigefinger kleine Kreise auf seinem Hemd zog.

Vorsichtig hob er ihr Gesicht an, um sie ansehen zu können. Ihr Blick war leicht verschleiert, die Lippen leicht geöffnet.

»Ich denke, das ist keine gute Idee. Ich werde nach Hause fahren. Du bist nicht bei Sinnen und meine Beherrschung bröckelt ebenfalls. Aber ich weiß, dass ich dich keinesfalls nur für eine Nacht möchte. Du bist mehr wert. Aber wenn ich jetzt mit hineinkomme, würden wir uns morgen nicht mehr in die Augen sehen können, du würdest sauer auf mich sein und das ist es nicht wert. Ich will dich, das steht fest, aber nicht so.«

Ihr trauriger Blick traf ihn mitten ins Herz. Seine Worte schienen kaum bei ihr anzukommen. Jedoch wäre jede andere Entscheidung noch wesentlich schlimmer und auf die Konsequenzen konnte er gut und gerne verzichten.

»Okay.« Marleen nickte zögerlich, drehte sich dann um und kramte nach ihrem Schlüssel. Er hörte sie leise schniefen. Weinte sie etwa? Doch noch bevor er fragen konnte, war sie im Inneren des Hauses verschwunden und knallte ihm die Tür regelrecht vor der Nase zu.

Die Fahrt zurück zur Burg legte er in Höchstgeschwindigkeit zurück. Dominik wollte nur noch weg, doch die Fahrt zu sich nach Hause war einfach zu lang. Also entschied er sich für die Burg. Was auch immer er getan hatte, es schien irgendwie nicht das Richtige gewesen zu sein. Marleen war enttäuscht, er war sauer auf sich und zudem noch geil. Keine gute Kombination, wie er aus Erfahrung bereits wusste.

»Hey!«, hörte er plötzlich eine weibliche Stimme, als er das Auto im Hinterhof geparkt hatte und über den Burghof ging, um an der Hotelbar noch einen Absacker zu trinken. Er stoppte und drehte sich um.

»Hallo!«, grüßte er die blonde Frau, die nun auf ihn zugeschlendert kam.

Dominik erkannte sie. Das war die Touristin, die ihm heute Morgen ihre Handynummer zugesteckt hatte. Sie lächelte ihn freundlich an.

»Wir übernachten in der kleinen Pension im Dorf und wollten gerade zurück«, erklärte sie schnell und zeigte auf eine Gruppe Frauen, die etwas weiter weg standen und kicherten.

Dominik nickte nur, war gar nicht auf Smalltalk aus.

»Wenn du also einen Grund hättest, dass ich bleibe, könnte ich das tun.«

Ihr Lächeln war lasziv und es war eindeutig, was sie wollte.

Plötzlich brannte eine Sicherung bei ihm durch und das rationale Denken setzte aus.

»Dann werde ich dir einen Grund geben«, hörte er sich sagen, konnte aber nicht reagieren. Die Frau ging kurz zurück zu den anderen und sprach mit ihnen. Jetzt wäre seine Chance, um das Ganze noch geradezubiegen. Doch Dominiks Gehirn war ausgeschalten, die Wut in ihm nahm Überhand und er musste sich abreagieren. Am besten mit einem einfachen, hirnlosen Fick mit einer Unbekannten, die gleich wieder verschwand.

Der Drink an der Bar war vergessen und anscheinend alle anderen Grundsätze ebenso. So schnell er konnte, damit gar nicht erst das Denken einsetzte, führte er die Frau in die Wohnung.

In die, in der ihm Marleen zum ersten Mal begegnet war und die für Frauen eigentlich tabu war.

Doch all das schob er in die hinterste Ecke seines Gehirns. Er brauchte schnellen, unverbindlichen Sex und diese Frau würde es ihm bieten. Morgen wäre sie weg und würde hoffentlich auch nie wieder in seinem Leben auftauchen.

Sie schien irritiert, weil er sie nicht zurück ins Hotel führte, machte aber keinen Rückzieher.

17

~*~

Er will sie nicht. Eindeutig.

Zuerst der Kuss in ihrer Wohnung und nun das. Beide Male hätte er es leicht gehabt, doch Dominik nutzte es nicht. Warum nur?

Dass es ihr nach dem Kuss gar nicht gut ging, hatte sie alkoholbedingt vergessen. Schließlich war das auch egal. Fakt war, er fand sie nicht attraktiv oder nicht standesgemäß oder was auch immer und das kratzte an ihrem Ego. Welches unter normalen Umständen recht ausgeglichen war. Was war nur los?

Außerdem sollte und wollte sie sich doch von diesem Typ Mann fernhalten. Wieso also machte sie sich darum Gedanken, dass ein Mann, den sie nicht wollen sollte, sie nicht wollte? Ergab das irgendeinen Sinn? Marleen schüttelte über ihre nicht mehr komplett vorhandene Logik den Kopf.

Ohne darüber nachzudenken, dass sie ja bereits angetrunken war, holte sie sich eine Flasche Weißwein aus dem Kühlschrank, griff nach einem Glas und ließ sich schließlich auf ihr Sofa fallen. Das Handy lag in Reichweite und blöderweise hatten sie und Dominik vor dem gemeinsamen Termin Nummern getauscht, um im Notfall reagieren und sich absprechen zu können. Sie öffnete das Chatprogramm und begann ohne nachzudenken zu tippen.

Marleen
Du hast keine Ahnung, was dir entgeht, Du Idiot!

Schnell schloss sie das Programm und warf das Handy weit weg aufs Sofa, funkelte es böse an. Als dann die Erkenntnis durchsickerte, was sie gerade getan hatte, schnellte sie nach vorn, öffnete hektisch erneut das Programm. Doch die Nachricht war natürlich bereits verschickt. Dominik hatte sie allerdings noch nicht gelesen, denn die kleinen Häkchen waren grau. Vielleicht übersieht er sie ja? Kann man das noch mal löschen?

Ihre einzige Rettung war Caro und die wohnte zig Kilometer weit weg. Trotzdem wählte Marleen ihre Nummer und als sie die Stimme ihrer besten Freundin hörte, kullerten auch schon die Tränen und sie schniefte lautstark ins Telefon.

»Caro.«

»Ach herrje, Maus, was ist denn mit dir los?«, fragte ihre Freundin sofort alarmiert nach.

Marleen versuchte sich zu sammeln, damit sie antworten konnte.

»Er will mich nicht«, erklärte sie schließlich und nahm einen großen Schluck Wein.

»Wer will dich nicht?«

»Dominik.«

»Warte mal, wer? Der Bruder vom Grafen? Wie kommst du denn an den ran? Ich dachte, du magst ihn nicht mal.«

»Das ist doch egal!«, schimpfte Marleen nun energisch. »Fakt ist, ich bin nicht sexy genug, nicht att ... att ... attraktiv oder so.«

»Sag mal, hast du getrunken?«, fragte Caro nach, ohne auf Marleens Antwort einzugehen.

»Nur ein bisschen, aber das ist doch auch egal«, wiederholte sie sich. Wollte ihre Freundin sie nicht verstehen oder warum war sie so begriffsstutzig.

»Na schön, dann erzähl mal von Anfang an. Ich komme gerade nicht mit«, bat Caro seufzend.

»Daniel ist nicht da und ich musste mit Dominik zusammenarbeiten. Und weil ich doch über alles, was mit der Burg zu tun hat, Bescheid wissen muss, haben wir uns heute die Brennerei angesehen.«

»Ach herrje und lass mich raten. Ihr habt natürlich verkostet«, beendete Caro die Ausführungen.

»Ja, aber nur ein biss ... biss ... bisschen«, wiegelte Marleen ab, nahm aber noch einen Schluck vom Wein.

»Und dann?«

»Haben wir uns geküsst ... schon wieder ... und Gott, kann der küssen. Dann meinte er, er bringt mich nach Hause und als ich ihn mit hineinbitten wollte, hat er abgelehnt.«

Wieder schniefte Marleen.

»Also mal langsam. Ich finde, er hat ganz richtig gehandelt und war Gentleman. Jeder andere hätte deinen Zustand ausgenutzt und dich flachgelegt.«

»Was heißt denn Zustand?«, schimpfte Marleen.

»Du bist betrunken und unzurechnungsfähig«, lachte Caro.

»Gar nicht wahr«, wollte Marleen sich verteidigen, hickste aber stattdessen, was Caro noch mehr zum Lachen brachte.

»Du sollst mich nicht auslachen, sondern meiner Meinung sein. Der Kerl will mich nicht und ich will wissen, warum.« Mittlerweile tigerte Marleen durch die Wohnung. Es glich einem Wunder, dass sie nirgends anstieß und sich nicht verletzte.

»Ich bin hübsch und intelligent. Ich schmeiß den Laden quasi allein. Was Besseres als mich kann er gar nicht bekommen.«

»Aber du willst ihn doch gar nicht. Ich dachte, Männer im Allgemeinen und er im Besonderen sind erstmal unwichtig«, erinnerte sie Caro an die Vorsätze, die Marleen vor wenigen Wochen aufgestellt hatte. Doch diese ging gar nicht darauf ein.

»Das ist doch egal, ob ich ihn will oder nicht. Er findet mich nicht sexy. So ein aufgeblasener Idiot. Der denkt auch, er ist der King. So ein Snob, ein Angeber!«

»Marleen!«, rief Caro nun etwas lauter und endlich hörte Marleen auf umherzulaufen und wurde hellhörig.

»Jetzt hör mir mal genau zu: Du bist gerade nicht zu klaren Gedanken fähig. Geh ins Bett und leg dir schon mal zwei Aspirin bereit. Ich bin mir sicher, dass sich morgen alles aufklärt und ihr solltet mal reden.«

»Was soll ich da schon reden? Er findet mich nicht sexy«, schniefte Marleen nun wieder.

»Hörst du jetzt auf? Natürlich bist du sexy und wenn er das wirklich nicht sehen sollte, dann ist er blind und ein Depp. Doch das glaube ich nicht, denn schließlich war es ja schon der zweite Kuss. Warum sollte er es wiederholen, wenn er dich nicht will.«

»Aber er hätte mich doch haben können!«, beharrte Marleen.

»Er wollte aber keine Schnapsdrossel«, antwortete ihre Freundin.

»Ich bin keine ... «, wollte sich Marleen verteidigen, ließ es dann aber und stellte auch das inzwischen leere Glas ab. Ob sie ihrer Freundin von der Nachricht an ihn erzählen sollte? Nein, lieber nicht, entschied Marleen. Noch eine Standpauke konnte sie nicht ertragen.

»Ich glaube, ich geh jetzt ins Bett.«

»Das finde ich eine sehr gute Idee und denk ans Aspirin, wenn du morgen halbwegs lebend im Büro stehen willst.«

Die beiden Freundinnen verabschiedeten sich und als Marleen aufgelegt hatte, schaute sie doch noch einmal in den Chat. Die Balken waren noch immer grau. Schlief er etwa schon? Machte ihm das denn gar nichts aus?

Ob sie ihn einfach anrufen sollte? Peinlicher als die Nachricht könnte es ohnehin kaum werden.

Letztlich entschied sie sich dagegen, da sie die Müdigkeit plötzlich wie ein Hammerschlag traf. Marleen trottete ins Schlafzimmer und ließ sich so, wie sie war, aufs Bett fallen.

~~~

Dominik hatte kaum die Tür zur Wohnung geöffnet, als die Hand seiner Begleitung bereits in seiner Hose steckte. Ihre Münder trennten sich nur für wenige Sekunden, damit er die Tür abschließen konnte.

Sakko und Hemd fielen schnell hintereinander und auch ihr Kleid landete prompt auf dem Fußboden. Torkelnd bewegten sie sich in Richtung Schlafzimmer, als Dominik den Eingang einer Nachricht auf seinem Handy bemerkte. Da er noch auf eine wichtige Mitteilung einer seiner Angestellten wartete, schob er seine Eroberung ein Stück von sich und zog das Handy aus der Hosentasche.

Doch es war nicht sein Mitarbeiter, der sich meldete, sondern Marleen.

Schlagartig wurde ihm bewusst, was er gerade im Begriff war zu tun. Er trat sofort noch einen weiteren Schritt zurück, fuhr sich mit der einen Hand durch das Haar.

»Ist alles in Ordnung? Schlechte Nachrichten?«, fragte seine Begleitung natürlich nach, denn sein Stimmungswandel war auch ihr aufgefallen. Skeptisch musterte sie ihn.

»Ähm ja, ein Familienproblem. Tut mir leid, ich glaube, das wird heute nichts mehr. Ich muss schnell wieder weg.«

»Das ist aber wirklich schade«, unternahm sie noch einen Versuch und schmiegte sich erneut an ihn, doch er schob sie von sich.

»Ja, also«, suchte Dominik nach den passenden Worten. »Es ist schon spät und du kannst gern hierbleiben, wenn du magst. Es liegt auch nicht an dir, wirklich.«

Damit wandte er sich ab und suchte nach seinem Hemd, welches er überwarf und nur schnell zuknöpfte und in die Hose steckte. Er reichte ihr das Kleid und griff nach seinem Sakko.

Genau genommen war es ihm egal, was sie jetzt dachte und ob es mal wieder als Stoff für eine neue Geschichte in der Klatschpresse reichen würde. Er wollte nur weg, vornehmlich zu Marleen, doch das ließ er lieber bleiben. Da im Hotel keine Zimmer frei waren, beschloss er nun doch den familiären Salon aufzusuchen. Dort stand ein Biedermeiersofa, das müsste ihm heute als Nachtlager genügen.

»Na schön, bleibe ich eben hier«, erwiderte sie angesäuert.

»Es tut mir wirklich leid«, wiederholte er seine Entschuldigung und war auch schon zur Tür raus.

Dominik wollte Marleen so viel sagen und erklären. Sie ahnte ja nicht, wie falsch sie mit ihren

Schlussfolgerungen lag. Hatte sie ihm denn nicht zugehört? War er zu ungenau gewesen? Hätte er deutlicher werden müssen? Wollte sie ihn wirklich oder sprach da der Alkohol aus ihr?

Er versuchte eine Nachricht zu verfassen, war jedoch mit keiner so richtig zufrieden und nach dem zehnten Mal gab er es auf.

Ein Einfaches "Sorry" musste genügen, auch wenn ihm bewusst war, dass es nicht mal in Ansätzen erklären konnte, was er gerade empfand.

Morgen müsste er mit ihr reden, am besten noch bevor Nadja ins Büro kam.

Inzwischen war er im Salon angekommen und hatte sich ein Glas goldbrauner Flüssigkeit eingegossen. Warm rann sie seine Kehle hinab und hinterließ ein Brennen im Hals. Doch er empfand es nicht als unangenehm, es passte zu seiner Situation.

Wie konnte ihm das nur passieren? Wie konnte er nur diese Frau abschleppen wollen? War er wirklich so ein Arsch? Konnte er sich nicht einmal zusammenreißen?

Er kannte natürlich die Ursache, er wollte Marleen. Allein bei dem Gedanken an sie stieg die Erregung erneut an. Doch nichts in der Welt rechtfertigte seine Aktion von eben und er konnte von Glück reden, dass ihre Nachricht ihn hatte aufwachen lassen.

War Marleen tatsächlich sein Weg in ein besseres, anderes Leben? War sie sein Schicksal, die für ihn passende Frau?

So kannte er sich bisher gar nicht, für ihn waren Frauen Spaß und Abwechslung, mehr nicht. Dass er sich so viele Gedanken um nur eine einzelne von ihnen machte, war totales Neuland und verunsicherte Dominik. Noch etwas, was er nicht von sich kannte. Sein Verhalten zu reflektieren gehörte nicht zu seinen Stärken, doch seit Marleen in sein Leben getreten war, tat er es irgendwie ständig. Bisher hatte er nicht mal in Betracht gezogen, dass etwas an seinem Handeln falsch sein könnte oder er damit anderen weh tat. Entweder man kam damit klar oder aber ging ihm aus dem Weg. Schwarz und weiß, ganz simpel. Inzwischen hatte aber auch er einsehen müssen, dass das menschliche Miteinander viel mehr Grauzonen enthielt und nicht ganz so einfach war.

18

~*~

Als am nächsten Morgen der Wecker klingelte und sie die Erkenntnis traf, was am Abend zuvor geschehen war, wäre Marleen am liebsten wieder unter die Bettdecke verschwunden und nie wieder hervorgekommen.

Das Kopfbrummen hielt sich zum Glück in Grenzen, doch auf ihrer Zunge schien Pelz gewachsen zu sein und die Haare standen in alle Richtungen. Missmutig schlurfte sie also in die Küche, schaltete die Kaffeemaschine ein und ging währenddessen unter die Dusche. Sie warf zwei Aspirin in ein Glas mit Wasser und hoffte, dass diese auch gegen Abende wie gestern helfen würden.

Als sie ihr Handy nach einigem Suchen endlich gefunden und eingeschaltet hatte, blinkten zwei neue Nachrichten auf. Eine war von Caro, die sich erkundigte, wie es Marleen ging, und die andere von Dominik. Am liebsten hätte Marleen diese gelöscht, doch da musste sie eben jetzt durch.

Dominik
Sorry

Wie sorry? Was sollte das denn? Was meinte er denn mit sorry? Sorry, dass ich dich nicht wollte? Sorry, dass ich dich nicht sexy finde? Sorry, was?

Bäuchlings warf sie sich aufs Sofa und vergrub das Gesicht in einem der Kissen. Wie hatte sie es nur so weit kommen lassen können?

Doch es half nichts, sie würde mit ihm reden müssen, am besten noch vor Arbeitsbeginn. Doch leider kannte sie seine Adresse nicht, sie wusste nur, dass er ein ganzes Stück weiter weg wohnte.

Die Sache war ihr unheimlich peinlich. Nicht nur, weil sie eine Abfuhr kassiert, sondern auch, weil sie sich ihm regelrecht an den Hals geworfen und sich angeboten hatte. Meine Güte, so war sie doch gar nicht! Dieser blöde Kuss und seine wirklich charmante Art in den letzten Tagen hatten sie weich werden lassen, ihre Deckung war gefallen und das hatte er ausgenutzt. Weshalb er sie dann aber doch abblitzen ließ, war ihr noch immer ein Rätsel.

Hatte Caro am Ende Recht, und er war tatsächlich ein Gentleman? Oder war es wahrscheinlicher, dass er eine Anzeige wegen Nötigung vermeiden wollte? Der Ärger mit seinem Bruder war sowieso vorprogrammiert, in dem Punkt wäre sein Handeln egal gewesen. Noch eine Assistentin, die ihm zum Opfer gefallen war, würde Daniel so oder so nicht durchgehen lassen.

Es blieb ihr also nichts anderes übrig, als sich Dominik zu stellen, sobald er das Büro betrat.

Marleen startete extra früh, um auch unbedingt die Erste im Büro zu sein. So konnte sie sich vielleicht noch eine Weile in ihrem Zimmer verschanzen und den Zeitpunkt eines Gesprächs selbst wählen. Momentan fühlte sie sich nicht dazu bereit, auch wenn sie kein Problem mit einer Entschuldigung hatte. Doch das hieß, sie müsste Farbe bekennen zu ihren Gefühlen ihm gegenüber und genau dieser Punkt war das Problem.

~~~

Dominik fühlte sich wie zerschlagen und sah ganz sicher auch so aus. Das Hemd war total zerknittert, die Haare standen ihm sicher in alle Richtungen, der

Geschmack, der sich auf seine Zunge gelegt hatte, stimmte mit seinem Gemütszustand überein. Zum Glück hatte er gestern immerhin das Sakko ausgezogen und säuberlich über einen Stuhl gehängt.

Er würde schnell die Dame von gestern aus der Wohnung befördern, so sie denn noch nicht weg war, und sich frischmachen. Neue Kleidung müsste einfach warten, bis er wieder bei sich daheim war.

Da es noch sehr früh am Morgen war, sollten auch die Büros noch unbesetzt sein. Keiner würde also etwas mitbekommen.

Schnell warf er das Sakko über und lief zum Haupthaus, die Treppen hoch und lauschte. Nichts. Auch im Hof konnte er noch keine Autos parken sehen, er hatte also Glück gehabt.

Dominik ging trotzdem übertrieben leise die nächsten Stufen zur Wohnung hoch und schloss die Tür auf. Natürlich war die Dame noch nicht verschwunden, jedoch konnte er es ihr auch nicht verübeln. Immerhin war sie wach und angezogen.

»Hallo, Guten Morgen!«, grüßte er sie und achtete auf einen Sicherheitsabstand. Nicht, dass sie doch noch auf dumme Ideen kommen würde.

»Guten Morgen! Wolltest du kontrollieren, ob ich auch nichts mitgehen lasse?«, fragte sie provokant, grinste ihn dabei aber an.

»Nein, ich wollte nur schauen, ob alles okay ist und du gut geschlafen hast. Und mich noch einmal wegen gestern entschuldigen.«

»Kein Ding«, winkte sie ab. »Konntest du dein Familienproblem lösen?«

»Nein, noch nicht«, antwortete er.

»Also dann«, sie machte ein paar Schritte auf Dominik zu und gab ihm einen Kuss auf die Wange. »Schade, es hätte sicher lustig werden können. Vielleicht in einem anderen Leben.«

Damit öffnete sie die Tür und ging langsam die Treppen hinunter, ohne sich noch einmal umzusehen. In seinem alten Leben wäre sie die perfekte Nicht-Freundin gewesen.

»Oh, tut mir leid!«, hörte er sie gerade sagen, als er die Tür wieder schließen wollte. Inständig hoffte er, dass es nur die Putzfrau sei, die gerade den Hausflur wischte, doch als er leise zum Geländer schlich und eine Etage nach unten spähte, sah er Marleen, die gerade das Büro aufschloss.

Natürlich stutze sie, überlegte kurz und sah dann nach oben.

Sie sah blass aus, trug eine dunkle Sonnenbrille, doch auch so konnte er erkennen, wie die Erkenntnis, was hier anscheinend gelaufen war, in ihr Hirn vordrang. Oh Scheiße ... nein, so war das alles doch gar nicht!

Dominik stand noch immer bewegungsunfähig da und sah zu ihr hinunter. Minuten vergingen, ohne dass etwas passierte. Dann endlich löste sie sich aus ihrer Schockstarre, schloss das Büro auf und er hörte die Tür laut ins Schloss fallen.

Urplötzlich kam auch Leben in ihn und er rannte die Treppe hinunter.

»Marleen, warte!«, rief er. »Es ist nicht so, wie du denkst.«

Er packte sie am Arm und wirbelte sie herum, gerade als sie ins Büro treten wollte.

»So, wie ist es denn dann?«, fragte sie leise.

»Es lief nichts, sie hat nur oben in der Wohnung übernachtet. Ich habe im Salon geschlafen.«

»Sie hat oben geschlafen? In der Wohnung, in der Frauen keinen Zutritt haben?«, konterte sie. »Wenn du schon Ausreden erfinden musst, dann solltest du vorher die Beweise vernichten.«

Damit wischte sie mit ihrem Daumen an seiner Wange entlang und hielt ihm diesen vors Gesicht. Rote Farbe klebte daran.

»Du glaubst wirklich, ich habe mit ihr geschlafen?«, fragte er beinahe schon entsetzt.

»Dominik, es ist okay. Du bist ein freier Mann und kannst tun und lassen, was du willst. Nur sei demnächst ehrlich, zu dir und zu mir.«

Damit machte sie sich frei und schlug ihm die Tür direkt vor der Nase zu.

Er hatte es verbockt, eindeutig. Dabei war gar nichts passiert! Bei seiner Vorgeschichte und den ihr vorliegenden Beweisen war es allerdings kein Wunder, dass sie diese Schlussfolgerungen zog.

Er saß in der Klemme und alles sprach gegen ihn.

Wie sollte er sie denn davon überzeugen, dass er tatsächlich unschuldig war. Nicht mal er selbst würde sich glauben, von Daniel ganz zu schweigen. Der würde ihn teeren und federn, wenn er Marleens Mutmaßungen zu hören bekommt.

Dominik müsste also vor seiner Rückkehr die Sache aus der Welt schaffen, sonst hätte er die gesamte Burg samt Dorf gegen sich.

Mit der flachen Hand schlug er gegen die Wand, um seinen Frust wenigstens etwas abzumildern, denn im Moment konnte er nichts tun. Marleen würde ihm kaum zuhören, das ahnte er. Außerdem brauchte er eine Dusche und frische Kleidung, schließlich gab es auch noch einen Job, den er erledigen musste.

Daniel sollte nicht wieder behaupten können, dass er seine Frauengeschichten vor alles andere stellte und diese zudem das Geschehen auf der Burg beeinträchtigten. Leider kam in diesem Punkt die Einsicht zu spät.

Missmutig und widerwillig ging er also nach oben, zog einfach die Tür ins Schloss und begab sich zum Wagen. Er würde den Weg zu sich nach Hause in Kauf nehmen, duschen und sich umziehen und danach in seiner eigenen Firma vorbeischauen. Die Termine hier auf der Burg müsste Nadja eben verschieben. Wenn er es richtig in Erinnerung hatte, dann stand am frühen Nachmittag nur ein Treffen mit dem Bürgermeister im Kalender.

19

~*~

Was für ein Idiot!

Sie hatte es doch gewusst und beinahe den nächsten großen Fehler in ihrem Leben begangen. Hatte sie denn aus der Vergangenheit gar nichts gelernt?

All seine blöden Sprüche und Komplimente. Von wegen sie bedeute ihm mehr und deswegen will er es langsam angehen. Er fand sie schlicht und einfach nicht sexy, nicht attraktiv genug. Da konnte er sich sämtliche Ausreden der Welt sparen. Sie war erwachsen und konnte gut mit einer Abfuhr leben.

Ein Einfaches "Du bist nicht mein Typ!" hätte genügt. Schließlich war sie nicht blöd.

Oder doch?

Wie konnte sie nur glauben, dass er tatsächlich etwas von ihr wollte? Wo war sie gedanklich falsch abgebogen, dass sie auf solch irrsinnige Ideen kam?

Natürlich war Dominik charmant und wusste genau, an welchen Hebeln er ziehen musste, um eine Frau zu bekommen. Er hätte sie ja auch haben können!

Es half rein gar nichts, sie musste sich eingestehen, dass ihr Ego doch einen gewaltigen Hieb abbekommen hatte. Warum nur störte es sie ausgerechnet bei Dominik so sehr? Sie wurde doch im Vorfeld gewarnt und wusste, was auf sie zukommt?

»Guten Morgen, Marleen!«, begrüßte Nadja sie freudig, als diese einige Zeit nach ihr das Büro betrat. »Oh je, was ist denn mit dir? Bist du krank?«

»Nein, nein, nur Kopfweh«, wich Marleen aus, die sich gerade eine Flasche Wasser aus dem Kühlschrank geholt hatte. »Kannst du mir noch einen Kaffee machen? Ich bin im Büro.«

»Na klar, mach ich. Willst du etwas frühstücken?«

»Nein, ich glaube, das verträgt mein Magen noch nicht. Erstmal Kaffee.«

Damit schlich sie förmlich in ihr Heiligtum und schloss tatsächlich mal die Tür.

Wie sollte sie damit umgehen? Ihm die Meinung sagen? Dann würde er sofort merken, dass sie enttäuscht und in ihrer Eitelkeit gekränkt war. Etwas, was sie unbedingt vermeiden wollte. Also blieb nur so zu tun, als wenn alles bestens wäre und sie kein Problem damit hätte, dass er letzte Nacht eine andere Frau ihr vorgezogen hatte.

Marleen legte den Kopf auf den Schreibtisch, schloss die Augen. Konnte man nicht einfach ein paar Stunden in der Zeit zurückgehen?

Dann würde sie sich nicht so peinlich benehmen und sich anbieten und Dominik nicht mit einer anderen Frau vögeln. Alles wäre bestens.

War es das, was ihn abgeturnt hatte? Dass sie ihm offen zeigte, was sie wollte? Oder doch der Alkohol?

Wenn sie Antworten darauf wollte, müsste sie ihn fragen, das war ihr bewusst. Doch fürs Erste hatte sie genügend Peinlichkeitspunkte gesammelt. So genau wollte sie es im Übrigen auch gar nicht wissen. Zum Glück kam Nadja mit einem duftenden Kaffee und einer Tafel Schokolade.

»Ich dachte, die hilft beim Wachwerden«, lächelte sie Marleen mitfühlend an.

»Danke.«

Ein paar Tage hatte sie ja noch Zeit, dann würde Daniel wieder da sein und sie müsste die Sache mit

Dominik geklärt haben. Zum Glück würde er dann ja auch wieder verschwinden und Ruhe einkehren.

Allerdings musste sie Daniel nun davon überzeugen, dass sie keinesfalls am Sommerball teilnehmen würde. Dominik den ganzen Abend sehen zu müssen, womöglich mit einer anderen Frau an seiner Seite, ertrug sie nicht.

Großer Gott! Sie hatte tatsächlich schon wesentlich mehr Gefühle für ihn, als bisher angenommen. Diese Erkenntnis erschreckte sie so sehr, dass die Wände plötzlich immer näher zusammenzurücken schienen. Eine beklemmende Enge legte sich auf ihre Lungen, sie musste hier raus.

Also schnappte Marleen sich ihre Tasche und riss förmlich die Tür auf.

»Ich bin mal kurz weg, Handy habe ich aber mit, wenn etwas Dringendes sein sollte«, rief sie Nadja im Vorbeigehen zu und eilte zum Ausgang, die Treppen hinunter und zum Wagen. Erst hier gestattete sie sich durchzuatmen, bevor sie losfuhr.

Sie steckte tiefer in der Klemme als angenommen.

Wie sollte sie das denn bitte Daniel erklären? Doch müsste sie es überhaupt? Sobald Dominik abreisen würde, wäre ja alles wieder beim Alten. Zeit würde vergehen, Gefühle hoffentlich auch. Sie würde sich eben ablenken, mit Arbeit und anderen Männern und Dominik ließ sich doch sowieso nie auf Steinthal blicken. Auch wenn er es beim Interview angedeutet hatte, was seine Versprechen anging, war sie nun schlauer.

Ja, mit dieser Selbsttäuschung könnte sie fürs Erste wirklich gut leben. Notfalls müsste sie den Job eben kündigen, doch das wäre ihre allerletzte Option und die wurde ganz hinten im Kopf abgelegt. Allein der Gedanke daran trieb ihr die Tränen in die Augen.

Im Ort angekommen, hatte sie sich soweit wieder gefangen, stellte ihren VW bei Ludwig ab, da Parkplätze sonst Mangelware waren, und wollte leise vom Hof verschwinden, als sie leider Erika hinter sich rufen hörte. Marleen blieb abrupt stehen und versuchte sich an einem Lächeln.

»Hallo Erika!«, begrüßte sie die ältere Dame, die sofort auf sie zugeeilt kam.

»Hallo Marleen, wir haben uns ja lange nicht gesehen! Geht es dir denn gut? Du siehst ein wenig blass aus. Steckt da etwa ein Mann dahinter?«, plapperte sie auch sofort los.

»Was? Nein ... ich hab nur Kopfweh und dachte, es wäre eine gute Idee mal aus der Burg zu kommen und ein paar Einkäufe zu erledigen«, redete Marleen sich heraus. Hatte diese Frau einen Radar für persönliche Angelegenheiten? So sehr sie Erika auch mochte, sie war ihr unheimlich und kam heute zudem noch sehr ungelegen. Leider hatte sie aber keine

Chance gegen den Anflug von mütterlichem Beschützerinstinkt.

»Ach da habe ich genau das Richtige für dich. Komm mal mit!« Und schon zog sie Marleen am Arm ins Haus. Diese ließ es einfach geschehen, ein Entkommen war sowieso unmöglich.

Erika bugsierte Marleen auf einen Stuhl und eilte aus dem Raum, um nach wenigen Sekunden mit einer kleinen, braunen Flasche zurück zu kommen.

»Das ist ein Wundermittel aus Afrika. Habe ich von einer Freundin, die verkauft sowas neuerdings.«

Marleen konnte gar nicht so schnell reagieren, wie Erika ein paar Tropfen auf ihrer Stirn verteilte. Das Zeug stank fürchterlich und trieb ihr erneut die Tränen in die Augen.

»Oh Gott, was ist das denn?«, hustete sie und schob Erikas Hand beiseite.

»Nur Kräuter, aber sehr wirkungsvoll«, schwor diese.

»Das hoffe ich, es stinkt bestialisch.« Marleen hielt sich die Hand vor die Nase.

»Das muss so sein, Kindchen. Du weißt doch: Das, was am scheußlichsten schmeckt, hilft am besten gegen jede Art von Krankheit.«

Kein Wunder, dachte Marleen. Gegen Männer hilft das sicher auch. So wie es stinkt, würde sich kein Kerl näher als zehn Meter an sie heranwagen. Könnte sie ja mal testen.

»Ich glaube, ich brauche frische Luft«, erwiderte Marleen daraufhin nur und stand auf. Sie verabschiedete sich halbwegs freundlich von Erika und sah zu, dass sie wegkam. Nicht, dass diese Frau noch weitere Pülverchen aus der Tasche zog.

»Lass dich von den Grafen nicht ärgern!«, hörte sie sie noch hinterherrufen.

Das nächste Mal würde Marleen entweder zu Fuß gehen oder aber woanders parken.

~~~

Eigentlich wollte Dominik nur schnell zu sich nach Hause fahren, dann allerdings hielt ihn der Anruf eines Kunden auf, als er gerade wieder im Burghof einparkte. Also blieb er sitzen, um zu telefonieren. Was sich im Nachhinein als Wink des Schicksals entpuppte, denn sonst hätte er Marleen nicht bemerkt, als sie in ihren Wagen stieg und zum Burgtor hinausfuhr. Wo wollte sie denn hin?

Leider konnte er seinen Anrufer nicht so schnell abwimmeln wie gewünscht. Außerdem war das Gespräch zu wichtig, als dass er es hätte nebenbei führen können, während er Marleen verfolgte. Notgedrungen konnte er also erst eine halbe Stunde später starten.

Nadja hatte er ebenfalls per Mail bereits Bescheid gegeben, dass es in seiner Firma einen Notfall gäbe und sie alle Termine auf der Burg nach hinten schieben sollte. Er ging davon aus, dass Marleen ihr nichts vom morgendlichen Zusammentreffen erzählt hatte.

Bevor er losfuhr, schrieb er Marleen eine Nachricht.

Dominik:

Hey,
ich glaube, wir sollten reden.

Eine Antwort erwartete er gar nicht, doch sie kam tatsächlich prompt.

Marleen

Hallo,
ich glaube, es gibt nichts zu reden, alles okay.

Dominik runzelte die Stirn. Wenn eine Frau so etwas sagte, war garantiert gar nichts okay. Außerdem war ja wirklich rein gar nichts in Ordnung.

Dominik

Na gut, dann sagen wir eben, dass ich gern mit dir reden würde.

Marleen

Habe viele Termine und keine Zeit.

Dominik

Du bist nicht mal im Büro.

Marleen

Stalkst du mich etwa?

Dominik

Nein, ich mach mir nur Sorgen.

Marleen

Das musst du nicht. Kümmere dich um deine eigenen Angelegenheiten!

Natürlich war sie sauer und enttäuscht. Aber dass sie ihm gar keine Chance gab, es geradezurücken, machte ihn wütend. Zumal es keinen Grund gab, was sie auch erkennen könnte, wenn sie ihm endlich zuhören würde. Trotzdem wusste er sehr wohl, dass alle Indizien momentan gegen ihn sprachen.

Dominik wollte zu Marleen nach Hause fahren und da auf sie warten. Doch als er gerade die Hauptstraße verlassen wollte, um zum See einzubiegen, sah er ihren kleinen VW auf Ludwigs Hof stehen, Erika unterhielt sich gerade mit einer Nachbarin.

Er hielt kurz an der Straßenseite an und kurbelte das Fenster hinunter.

»Hallo Erika!«, begrüßte er sie. »Ich sehe, Marleen parkt bei Ihnen. Wissen Sie, wo ich sie finde?«

Argwöhnisch betrachtete ihn die ältere Frau und augenblicklich sank die Temperatur um einige Grade in den Keller, Eisblitze durchbohrten ihn. Marleen wird doch wohl nicht gerade ihr etwas erzählt haben?

»Ach der Herr Graf«, schnalzte sie abfällig mit der Zunge. »Marleen war kurz hier, um ihr Auto abzustellen, dann wollte sie bummeln gehen. Was wollen Sie denn?«

Als wenn er genau ihr das erzählen würde!

»Es geht um die Burg und meinen Bruder erreiche ich gerade nicht«, log er, ließ dann das Fenster schnell wieder hoch, bevor diese Person noch weitere Fragen stellen konnte.

Dominik fuhr langsam weiter. Wenn sie shoppen gehen wollte, blieb nur die kleine Einkaufsstraße hier im Ort. Vielleicht könnte er in der nächsten Querstraße parken und dann zu Fuß ...

Genau in dem Moment sah er sie in den kleinen Tante-Emma-Laden gehen.

Schnell parkte er den Wagen, sodass Erika es unmöglich sehen könnte und lief eilig die Straße hinunter in Richtung des Geschäfts.

Hier würde sie ihm nicht davonlaufen können, ohne dass der halbe Ort innerhalb weniger Minuten wissen würde, was passiert war. Er hoffte einfach drauf, dass Marleen dieses Szenario genauso wenig wollte wie er.

20

~*~

»Hallo Marleen«, flüsterte er von hinten und sie drehte sich erschrocken um. Marleen hatte gerade überlegt, was genau in ihrem Kühlschrank fehlte, kam aber zu keinem Ergebnis. Denn ein gewisses Gesicht spukte in ihrem Kopf herum. Eines, welches nun vor ihr stand.

»Was machst du hier? Du hattest doch Termine«, ging sie sofort auf Angriff über. Er konnte doch nicht einfach ...

»Der Bürgermeister kommt erst am Nachmittag. Ich war auf dem Weg in meine Firma, denn die leitet sich auch nicht von allein, und ich habe Nadja

Bescheid gesagt, dass ich einen Notfall klären muss«, entgegnete er . »Du kannst nicht ewig wegrennen, wir müssen reden.«

»Da gibt es gar nichts zu reden«, versuchte sie locker und entspannt zu klingen. »Es ist alles bestens. Du bist ein freier Mann und kannst tun und lassen, was du möchtest.«

Zum Glück konnte er nicht sehen, wie es in ihrem Inneren brodelte und dass sie ihm die Salatköpfe, die sie gerade äußerst angestrengt betrachtete, am liebsten an den Kopf geworfen hätte.

»Marleen, bitte!«, flüsterte er und kam näher heran, nur um sofort wieder Abstand zu nehmen und die Nase zu rümpfen. Erikas Mittel funktionierte in dieser Hinsicht also bestens.

Sie drängelte sich mit einem unterdrückten Grinsen an ihm vorbei und ging zur Kasse, an der bereits Marianne wartete.

Auch diese sah sie ungläubig an.

»Erikas Wundermittel?«, fragte sie nur und Marleen verdrehte die Augen und nickte.

»Alles klar. Da hilft nur mit Zitrone waschen. Wie bei Leichengeruch, den bekommt man auch nicht anders weg.«

Erschrocken sah Marleen sie an.

»Woher wissen Sie das denn?«

»Ich schaue gern Krimiserien aus den USA, da wurde das mal erklärt. Und da Erika mir letztens dieses Zeug ebenfalls auf meinen schmerzenden Rücken geschmiert hat und mein Mann mehrere Tage freiwillig auf der Couch geschlafen hat, war das meine letzte Rettung. Ich will gar nicht wissen, was da drin ist.«

Ohne eine weitere Erklärung reichte sie Marleen einen kleinen Beutel mit Zitronen, die diese wortlos entgegennahm.

»Geht aufs Haus.«

Dominik hatte natürlich das Geplänkel mitbekommen und gluckste hinter ihr.

»Sei ja still. Die Kopfschmerzen habe ich nur wegen dir.«

Erst als der Satz schon raus war, bemerkte sie die Zweideutigkeit und biss sich auf die Zunge. Mist, das würde er jetzt gegen sie verwenden.

»Ja, ich weiß und daher müssen wir reden.«

»Nein!«, platzte es etwas zu laut aus Marleen heraus, sodass sogar Marianne aufhorchte und misstrauisch zu Dominik schaute.

»Könnten wir das vielleicht mal unter vier Augen besprechen. Dieses Dorf hat überall Ohren«, erwiderte er ebenfalls sehr deutlich in Mariannes Richtung, die es geflissentlich ignorierte und Marleens Einkäufe in aller Seelenruhe abkassierte.

»Vielleicht verwendet Erika das Mittel auch einfach falsch und es dient als Schutz vor bösen

Mächten wie Knoblauch bei Vampiren«, konterte Marleen.

»Oder vor zu neugierigen Nachbarn«, erwiderte daraufhin Dominik und zog sie samt Einkaufskorb vor die Tür.

So verfahren die Situation auch war, Marleen konnte sich kaum halten und prustete los. Mariannes Gesicht war göttlich und sie wettete, dass gleich bei Erika das Telefon klingeln und die beiden den neuesten Tratsch austauschen würden.

Ihr war es egal, ihm anscheinend aber nicht.

»Hör zu, bitte! Du liegst völlig falsch mit deiner Annahme. Zwischen mir und dieser Frau ist nichts gelaufen, wirklich. Sie hat nur oben in der Wohnung geschlafen.«

Dachte er ernsthaft, dass er so leicht davonkommen und sie ihm diesen Mist glauben würde? Für wie blöd hielt er sie eigentlich?

Marleen nahm all ihren Stolz zusammen.

»Das macht doch nichts«, säuselte sie. »Du bist eben ein Mann und trägst dein Gehirn nicht im Kopf, sondern in der Hose. Da gab es wohl einen Blutstau oder so, das kann schon passieren. Aber weißt du was, ich bin erwachsen und kann damit umgehen. Wirklich. Schließlich sind wir nicht zusammen und du kannst meinetwegen sämtliche Touristinnen abschleppen. Solange dein Job auf der Burg darunter nicht leidet, ist mir das egal. Aber sei nächstes Mal so fair und sage mir einfach, dass ich nicht dein Typ bin. Ich kann damit wirklich leben.«

Marleen fand, dass sie das sehr gut hinbekommen hatte und wie es schien, kaufte er ihr es auch ab. Jedenfalls für ein paar Sekunden. Dann schlich sich ein böses Grinsen auf sein Gesicht.

»Oh nein!«, erwiderte er. »So läuft das nicht! Du ziehst komplett die falschen Schlüsse! Du liegst in der Annahme, dass ich dich nicht anziehend finden würde, total daneben. Du glaubst gar nicht, wie schwer es mir gestern gefallen ist, dich allein nach Hause gehen zu lassen. Dann war da plötzlich diese Frau, ein namenloses Gesicht, und meine Sicherungen sind durchgebrannt. Doch es ist nichts passiert, ich habe sie nicht angerührt, stattdessen die Nacht im Salon meines Vaters verbracht. Dieser Lippenstift ist von heute Morgen, als sie mir einen Abschiedskuss auf die Wange gegeben hat, mehr nicht. Ich verstehe, dass es schwer zu glauben ist, aber du musst mir in dem Punkt einfach vertrauen. Ich will dich, nur dich!«

Eine Sekunde lang wollte sie ihm glauben, doch dann siegte ihr Kopf und sie zog fragend eine Augenbraue nach oben.

»Tja, das kann schon sein. Nur gehören dazu zwei und ich bin hiermit raus aus dem Spiel.«

So locker, wie sie klang, fühlte sich Marleen keineswegs. Doch sie schaffte es Dominik stehen zu lassen und hoch erhobenen Hauptes an ihm vorbei zum Auto zu laufen. Je weiter sie sich entfernte, desto schneller lief sie.

Marleen war in die Stadt gefahren, um Ruhe vor ihm zu haben und nun das. Aber immerhin hatte sie das fällige Gespräch gemeistert und war nicht heulend zusammengeklappt. Das konnte sie später daheim immer noch. Jetzt musste sie fürs Erste diesen Gestank loswerden. Sie rief Nadja an und entschuldigte sich damit, dass die Kopfschmerzen stärker geworden waren und sie nach Hause müsse. Dominik wäre ja erreichbar und da sie wusste, dass er am Nachmittag unter anderem den Termin mit dem Bürgermeister hatte, würde er auch keine Chance haben zu ihr zu kommen, so er das denn vorgehabt hatte.

~~~

Ihm war ja klar gewesen, dass sie ihm nicht ganz so einfach glauben würde. Dass sie die Tatsache, dass er mit einer anderen Frau geschlafen hatte, so einfach wegstecken würde, kaufte er ihr allerdings nicht ab. Niemals!

Sie war gekränkt, das verstand er gut.

Aber warum konnte sie es nicht einfach zugeben, ihn anschreien oder seinetwegen auch auf ihn einschlagen. Alles wäre besser gewesen als diese Gleichgültigkeit, die er ihr sowieso nicht abkaufte.

War das einfach nur Selbstschutz vor Gefühlen, die sie sich nicht eingestehen wollte? Sollte da wirklich etwas sein und sie mehr für ihn empfinden? Je länger er darüber nachdachte, desto besser passten die Puzzleteile zusammen. Dann wäre also noch nicht alles verloren und genau genommen wüsste er nun, wo er ansetzen könnte.

Übermorgen würde sein Bruder wieder zurück sein. Bis dahin hatte er Zeit, denn danach gab es keinen weiteren Grund hierzubleiben, mal von Marleen abgesehen. Daniel würde sofort merken, wenn etwas nicht stimmte, eins und eins zusammenzählen, ebenso falsch interpretieren wie sie und das Chaos wäre perfekt.

Könnte er aber Marleen bis dahin von sich überzeugen, wären alle seine Probleme aus der Welt. Jetzt musste er nur hoffen, dass sie tatsächlich weitergehende Gefühle für ihn hatte ... und wenn nicht, dann würde er dafür sorgen, dass es so wäre. Dominik wollte sie an seiner Seite und dafür würde er kämpfen.

Er würde sie soweit bringen, dass sie ihm nicht mehr widerstehen könnte und zugeben müsste, dass sie ihn ebenso wollte.

Dominik war dieses Mal tatsächlich unschuldig, auch wenn es ihre SMS war, die ihn letztlich davon abgehalten hatte, Mist zu bauen. Und jetzt sollte er wegen eines Missverständnisses alles hinwerfen? Nicht mit ihm!

Um ihn fernzuhalten, musste sie schon mehr als ein zweifelhaftes neues Parfüm auffahren. Er wollte gar nicht so genau wissen, was Erika ihr angedreht hatte, konnte sich aber nun daran erinnern, dass auch Ludwig, als er letztens einen Wagen auf der Burg zur Reparatur holte, ebenfalls sehr ähnlich gerochen hatte. Dieser Ort samt seinen Bewohnern war wirklich eine Angelegenheit für sich und auch wenn er nicht so weit vorausdenken wollte, sollte aus ihm und Marleen etwas werden, gäbe es damit sicher ein Problem.

Doch lieber einen Schritt nach dem anderen gehen.

Da sein Terminkalender ohnehin gefüllt war und er vorab noch bei sich daheim vorbeischauen musste, konnte er ihr leider nicht hinterherfahren. Auch am Nachmittag bei dem Termin mit dem Bürgermeister sah er sie nicht, erfuhr aber von Nadja, dass Marleen sich wegen Kopfschmerzen entschuldigen ließ und nach Hause gefahren war. Leider fehlte ihm auch jetzt die Zeit, um nach ihr zu sehen und vielleicht brauchte sie auch einfach mal ein wenig Luft, um darüber nachzudenken. Möglicherweise kam sie ja sogar zu der Einsicht, dass an seiner Version doch etwas dran sein könnte.

Letztendlich war es beinahe zehn Uhr abends, als er in seiner Wohnung ankam. Dominik zog seinen Anzug aus und schlüpfte in eine bequeme Sweethose und ein einfaches Shirt, dann nahm er sich ein Bier aus dem Kühlschrank und setzte sich samt Handy aufs Sofa. Er öffnete den Chat mit Marleen.

Dominik

Schläfst du schon?

Marleen

Ja.

Dominik

Ach, du kannst mir schon im Traum antworten? Das ist toll.

Marleen

Träum weiter. Gute Nacht!!!!!!

Die vielen Ausrufezeichen waren ein eindeutiger Beleg dafür, dass Marleen noch immer sauer und die Unterhaltung somit beendet war. Immerhin hatte sie ihm aber geantwortet, was er als positives Zeichen verbuchte.

Dominik

Wenn du morgen Mittag Zeit hast, würde ich gern etwas mit dir besprechen.

Marleen

Mal sehen. GUTE NACHT!

Dominik lächelte in sich hinein, warf dann das Handy aufs Sofa und schaltete das Fernsehen ein. Sinnloses Programm war gerade genau das Richtige.

Als er heute den Termin mit dem Bürgermeister hatte, war ihm eine Idee gekommen, die er zuerst mit Marleen besprechen wollte, bevor er seinen Bruder einweihte. Auch wenn er natürlich derjenige war, der letztlich entschied, wollte Dominik eine weibliche Meinung dazu hören. Eigentlich hoffte er auf ihre Unterstützung, denn wie schon bei der Destillerie tat sich Daniel mit neuen Ideen und Investitionen schwer. Vor allem wenn die Idee dazu von ihm kam. Hätte er allerdings Marleen auf seiner Seite, sähe die Sache ganz sicher anders aus.

Am nächsten Morgen betrat er gut gelaunt mit drei Kaffeebechern und einem Blaubeermuffin in der Hand das Büro.

»Guten Morgen, die Dame!«, grüßte er Nadja und reichte ihr einen Kaffee.

»Ähm ... oh!«, konnte sie nur erwidern.

Dominik legte noch eins drauf und zwinkerte ihr verschwörerisch zu, bevor er halb tanzend in Marleens Büro trat. Natürlich ohne zu klopfen, denn die Tür war erneut geschlossen.

»Guten Morgen!«, grüßte er auch sie, trat um den Schreibtisch herum und gab ihr einen Kuss ins Haar und stellte den zweiten Kaffee auf ihren Schreibtisch, den Muffin hielt er ihr direkt vor die Nase.

Zu perplex, um zu reagieren, starrte Marleen ihn mit offenem Mund an.

»Ein einfaches Guten Morgen reicht schon«, lachte er.

»Was? Ach ja ... Guten Morgen«, stammelte sie. »Was machst du hier und was soll das mit dem Kaffee?«

Er legte den Muffin vor sie hin und setzte sich einfach auf ihre Schreibtischkante.

»Also erstens vertrete ich meinen Bruder, wie du weißt. Ich bin also morgens hier und nachmittags in meiner Firma. Und den Kaffee habe ich aus reiner Freundlichkeit mitgebracht. Dass du regelmäßig in der Küche vorbeischaust und es am liebsten vertuschen möchtest, habe ich bereits vor einiger Zeit mitbekommen. Außerdem ist unser Personal eindeutig zu redselig, was sowas angeht.«

»Okay.« Marleen setzte sich gerade hin. Die Skepsis war ihr förmlich anzusehen. »Was willst du wirklich?« Sie schob Kaffee und Muffin beiseite, es fiel ihr allerdings mehr als schwer.

»Das, was ich will, ist dir bereits klar. Da ich dieses aber wohl nicht so einfach bekommen werde, möchte ich vorerst eine Idee mit dir besprechen, aber erst am Mittag, da ich noch zu tun habe.«

Damit wendete er sich zum Gehen.

»Ich hole dich dann gegen zwölf Uhr ab.«

Er schloss die Tür nicht hinter sich.

21

~*~

Was sollte denn das nun wieder bedeuten?

Der glaubte doch nicht ernsthaft, dass sich Marleen ihm noch einmal nähern würde? Da könnte er sich auf den Kopf stellen und Polka tanzen. Soll er doch sein bisheriges Leben weiterleben, er würde sich nie ändern. Nicht für sie, nicht für seinen Bruder und auch nicht für sich selbst. Wozu auch? Ihm ging es doch blendend. Dominik hatte eine eigene, gut laufende Firma, einen adeligen Titel, den er, wenn er ihn mal benötigte, recht schnell in die Waagschale warf und einen Bruder, der ihm anscheinend jeden Mist verzieh und auch noch den Rücken freihielt.

So einer könnte ihr gestohlen bleiben ... sagte jedenfalls ihr Kopf.

Marleens Herz sah das mittlerweile ganz anders und dafür gab es auch einen guten Grund. Als sie sich gestern beim Bäcker aus Frust noch ein Stück Sahnetorte gönnen wollte, konnte sie zufällig ein Gespräch mit anhören und erkannte dabei die Frau, die ihr am Morgen im Treppenhaus begegnet war. Sie erklärte ihrer Freundin gerade überaus laut, dass sie mal wieder flachgelegt werden müsste, da der Typ von gestern Nacht den Schwanz eingezogen und gekniffen hatte. Dafür schwärmte sie in höchsten Tönen von dem Nobelappartement, in dem sie schlafen durfte. Marleen musste also nur eins und eins zusammenzählen und ihr wurde klar, wen diese Frau meinte und auch, dass Dominik die Wahrheit sagte.

Doch so einfach wollte sie es ihm nicht machen, denn immerhin hatte er schließlich mit dem Gedanken gespielt, Sex zu haben und dafür würde er büßen.

Was Marleen allerdings sehr freute war die Tatsache, dass er gerade so richtig zu leiden schien.

Ihr leuchtete nur nicht ein, warum ausgerechnet sie sein Ziel sein sollte. Anfangs nahm sie an, dass es für Dominik einfach ums Gewinnen ging: Er wollte sie und machte so lange weiter, bis er sie hatte. Auch seine Worte an der Tür waren für sie nur eine billige Ausrede gewesen. Inzwischen allerdings zweifelte sie an dieser Theorie. Warum sollte er sich die Mühe machen, wenn er doch schnell und einfach andere Frauen haben könnte?

Was wäre also, wenn er sich wirklich ändern wollte? Was, wenn ihr Bauchgefühl recht hatte?

Kurzerhand zog sie ihr Handy aus der Tasche und tippte eine Nachricht an Caro.

Marleen
Soll ich ihm eine Chance geben?

Caro brauchte nicht lange für eine Antwort. Schließlich war sie genau im Bilde, denn die beiden Frauen hatten am gestrigen Abend fast zwei Stunden lang ausführlich das Für und Wider beleuchtet.

Caro
Ja, aber lass ihn zappeln und richtig dafür bluten.

Marleen grinste in sich hinein und legte das Handy beiseite. Dann schnappte sie sich den Muffin und verdrückte ihn genüsslich. Sie ließ sich in ihrem Sessel zurückfallen, machte den Deckel des Kaffeebechers ab und überlegte:

Wie würde sie herangehen, wenn sie an Dominiks Stelle wäre? Sicher möchte er bis zur Rückkehr seines Bruders alles in Ordnung gebracht haben. Das könnte er schön vergessen. Marleen würde ihn noch ein Weilchen hängenlassen.

Der einzige Knackpunkt war allerdings, dass sie ebenfalls leiden würde, doch die Rache war es ihr wert.

Punkt zwölf Uhr stand er in der Tür und Marleen konnte nicht verhindern, dass ihr Herz einen Schlag aussetzte. Das konnte ja heiter werden und die Umsetzung ihres Planes geriet schon jetzt ins Wanken. Dabei stand er nur da und lächelte sie an.

»Fertig?«

»Ja, bin gleich da«, versuchte sie so emotionslos zu antworten, wie es ging. Marleen tat so, als wenn sie noch etwas ganz Wichtiges beenden müsste. Dabei hatte sie die letzte halbe Stunde damit verbracht, sich Katzenvideos auf YouTube anzusehen. An Arbeiten war nicht zu denken gewesen. Das würde sie dann wohl oder übel am Abend dranhängen müssen.

Als sie das Unausweichliche nicht mehr herauszögern konnte, stand sie auf und ging langsam auf ihn zu.

»Ich dachte, wir gehen hier oben ins Restaurant. So müssen wir nicht fahren. Ich habe einen Tisch reservieren lassen. Ist ja doch einiges los.«

»Okay.«

Nadjas Grinsen ignorierte Marleen einfach, sollte sie doch denken, was sie wollte. Der halbe Ort wusste sicher bereits Bescheid, nur würden sie alle darüber spekulieren, was wirklich geschehen war.

Als sie unten angekommen waren und sich auf den Weg über den Burghof zum Restaurant machten, legte Dominik erneut seine Hand auf ihren Rücken. Marleen konnte nicht verhindern, dass sie zusammenzuckte, räusperte sich verlegen, ließ ihn aber gewähren. Auf keinen Fall durfte er bemerken, dass sie diese Geste aus dem Konzept brachte.

Sie schielte zu ihm hinüber, doch er verzog keine Miene. Mit ein wenig Glück hatte er nichts bemerkt und der Fußmarsch dauerte ja nicht lange.

Er zog ihr galant den Stuhl zurecht und ließ sie hinsetzen, was Marleen mit einem Augenrollen quittierte. Das war also sein Plan? Ganz Gentleman sein? Wenn Dominik glaubte, dass das ausreichen würde, hatte er sich gewaltig geschnitten.

»Also, du wolltest von einer Idee erzählen. Nur wäre es nicht besser, diese gleich mit deinem Bruder zu bereden?«, begann sie das Gespräch, als der Kellner ihre Bestellungen aufgenommen und die Getränke gebracht hatte.

»Natürlich, aber ich glaube, in dem Punkt könnte ich weibliche Unterstützung gebrauchen. Mein Bruder ist manchmal etwas stur, wenn es um neue Dinge geht. Ich hatte eine Idee, was die Hochzeiten hier auf der Burg betrifft.«

»Aha und weil du denkst, dass alle Frauen auf Hochzeiten stehen, brauchst du mich dafür?«

»Naja, es ist erwiesen, dass die Planung einer Hochzeit oftmals von den Frauen oder Bräuten übernommen wird. Wir Männer sind da pragmatischer, glaube ich.«

Marleen wollte zwar etwas erwidern, unterließ es dann aber, denn sie ahnte, dass er sie nur provozieren wollte.

»Okay, nehmen wir an, deine Theorie stimmt.« Sie gab ihm ein Zeichen, dass er weitermachen sollte.

»Es ist nichts Außergewöhnliches, könnte der Burg aber eine neue Einnahmequelle bescheren. Ich hatte mit dem Bürgermeister das Gespräch wegen des Mittelalterfestes zu Weihnachten. Was ist denn, wenn man sowas auch als Hochzeitsarrangement anbieten würde? Die Grundlage, nämlich die Burg samt Festsaal, ist ja vorhanden und es gibt sehr viele, die sich für Themenhochzeiten rund ums Mittelalter interessieren.«

»Du meinst so richtig in Kostümen, mit alter Sprache und so?«

»Ja, auch mit passendem Essen und Musik. Die Kostüme könnte man organisieren und sicher würden sich ein paar Laienschauspieler finden, auch Gaukler, die sonst auf den Mittelalterfesten unterwegs sind. Ich habe mir die Kontaktdaten von dem Festveranstalter geben lassen, der einige der größten Mittelaltertreffs in Deutschland organisiert und er könnte uns sogar helfen. Ich habe mit ihm schon reden können.«

»Du hast bereits mit ihm darüber gesprochen?«

Marleen musste sich zusammenreißen, damit er nicht ihre Begeisterung für die Idee sah. Natürlich war sie toll, genial, denn alles, was sie an Grundlagen brauchten, war ja vorhanden. Auch wenn es sicher noch viel zu beachten gäbe. Was ist mit den normalen Besuchern an diesen Tagen? Man brauchte zusätzliches Personal, die Dekoration musste gestaltet werden.

Ein paar wenige dieser Hochzeiten gab es wohl schon, soweit Marleen das den Ordnern beim Durchstöbern entnehmen hatte können. Jedoch fanden nur die Trauungen auf der Burg statt, gefeiert wurde meist woanders. Wenn sie aber den Saal bereitstellen würden und auch den Burghof ... dann blieben die Paare hier und auch das Geld.

»Nein, ich habe nur angefragt, ob er uns eventuell behilflich sein könnte, auch was das Wissen angeht. Es soll ja halbwegs authentisch sein. Diese Null-acht-

Fünfzehn-Hochzeiten macht jeder, wir sollten etwas Besonderes bieten.«

»Ja, verstehe«, nickte Marleen. »Aber bevor wir nicht mit deinem Bruder geredet haben, können wir gar nichts entscheiden. Auch die finanziellen Mittel müssten ja erstmal beschafft werden.«

»Darum mach dir mal keine Sorgen«, warf Dominik ein. »Erstmal war mir wichtig, dass es auch dir zusagt, denn du wirst es meinem Bruder besser verkaufen können als ich. Wie gesagt, er ist etwas zu vorsichtig, was Investitionen angeht, vor allem wenn die Ideen dazu von mir kommen. Keine Sorge, ich nehme ihm das nicht übel, kann es sogar verstehen. Doch ich denke, dass in Steinthal noch viel mehr Potential steckt und wir es nicht nutzen.«

Er traf damit genau ins Schwarze, denn auch Marleen hatte diese Gedanken bereits gehabt. Nur wollte sie den richtigen Moment abwarten, um mit Daniel darüber zu sprechen. Schließlich war sie nur seine Assistentin und es stand ihr nicht zu, seine Art der Burgführung anzuzweifeln. Jetzt lag die Sache anders und sie könnte Dominiks Idee als Aufhänger nehmen.

Doch warum lag ihm die Burg plötzlich so am Herzen? Zählte das auch zu seinem Plan? Oder war es eigentlich schon immer so, er hatte es nur nie durchblicken lassen?

~~~

Er hatte sie, ganz sicher.

Nur mühsam konnte er ein wissendes Grinsen unterdrücken, als er seine Hand in ihren Rücken legte und sie zusammenzuckte. Der Drang, sie tiefer rutschen zu lassen, war beinahe übermächtig, doch hielt er sich zurück.

Schließlich wollte er es nicht schon am ersten Tag vermasseln. Er hatte ja genau genommen nur wenige Stunden, um Marleen für sich zu gewinnen. Aber er war zuversichtlich.

Die Idee mit den Mittelalterhochzeiten war ihm spontan gekommen und er ging davon aus, dass, wenn Marleen sich dafür aussprechen würde, auch Daniel mitzieht. Natürlich müssten einige Dinge bedacht und organisiert werden. Bei der Finanzierung sollte es hingegen keine Probleme geben, die könnte er anfänglich allein übernehmen. Vielleicht konnte er so immerhin einen kleinen Beitrag zum Erhalt der Burg leisten und die letzten Jahre Abstinenz gutmachen.

Ganz und gar uneigennützig war sein Vorschlag trotzdem nicht. Schließlich sollte auch Marleen sehen, dass er gewillt war sich zu ändern. Ihr Vorwurf, dass er sich viel zu selten blicken und Daniel allein kämpfen ließ, lastete schwer. Natürlich nutzte er seinen Namen und auch die Tatsache, ein

Burgherr zu sein, immer dann aus, wenn es ihm gerade nötig erschien. Ansonsten hatte er sich bisher nicht groß darum gekümmert.

Dominik war bereits eine ganze Weile davon überzeugt, dass die Burg mehr Potential hatte, Daniel jedoch zu zögerlich damit umging. Die Angst, den Familiensitz aufgeben zu müssen, weil sie ihn nicht halten könnten, wog schwer. Unzählige Male hatten sie bereits eine Diskussion dazu geführt und letztlich endete diese immer in einem handfesten Streit. Marleen nun auf seine Seite zu ziehen, war vielleicht nicht unbedingt fair, jedoch endliche eine Möglichkeit seinem Bruder zu zeigen, was mit der Burg noch alles möglich wäre.

Doch nun galt seine Konzentration erstmal der hübschen Dame neben sich, die ihn immer wieder verstohlen beobachtete, wenn sie dachte, er würde es nicht bemerken.

»Wie gefällt es dir denn sonst so auf der Burg?«

»Sehr gut, die Arbeit macht viel Spaß, die Kollegen sind nett«, antwortete sie und stocherte in ihrer Pasta herum. Gegessen hatte sie kaum etwas.

»Schmeckt es nicht?«, hakte er nach.

»Was?«, erschrocken sah sie ihn an. »Nein, nein, ich hab nur keinen Hunger.«

»Das letzte Mal, als du nichts gegessen hattest, endete es fatal«, grinste er.

Marleen zog eine Augenbraue nach oben.

»Ich muss mir ja darüber keine Sorgen machen, denn noch mal würde es nicht passieren«, konterte sie. Doch die geröteten Wangen und ihr hektischer Blick sprachen eine eigene Sprache.

Dominik nahm ihre Hand, sie zuckte nicht zurück, sah ihn aber auch nicht an.

»Ich würde dich glatt wieder gegen das Auto drücken, dich küssen und noch mehr. Diesen Teil des Abends bereue ich nicht. Nur, dass ich nicht geblieben bin.«

Dann nahm er seine Hand einfach wieder weg und aß seelenruhig weiter. Marleen hingegen rutschte nervös auf ihrem Stuhl hin und her, kippte beinahe das Wasserglas um, bevor sie sich entschuldigte und in Richtung Toilette verschwand.

Marleen brauchte beinahe eine Viertelstunde, bis sie an den Tisch zurückkehrte. Noch immer waren ihre Wangen leicht gerötet. Sie räusperte sich, das Lächeln misslang allerdings.

»Alles in Ordnung?«, fragte er scheinheilig.

»Natürlich. Was soll denn sein? Alles bestens«, antwortete sie pikiert und trank einen Schluck Wasser. Nervös spielten ihre Hände mit dem Besteck, was zur Folge hatte, dass das Messer mit lautem Klirren zu Boden fiel und sämtliche Gäste zu ihnen schauten.

»Ach nichts«, grinste er und kaute genüsslich am letzten Bissen seines Steaks, welches wirklich hervorragend gewesen war.

Genau genommen war das gesamte Mittagessen außerordentlich erfolgreich verlaufen und Zufriedenheit machte sich in ihm breit. Das siegessichere Grinsen versuchte er sich dennoch zu verkneifen.

»Wir sollten dann wieder zurück«, lenkte er vom Thema ab. »Ich muss gleich noch in mein Büro fahren und du hast ja sicher auch zu tun. Wie läuft denn das Sommerfest?«

»Ähm ... also ja, es läuft soweit ganz gut. Die Einladungen sind fertig, ich muss sie nur noch kontrollieren und dann werden sie verschickt. Angekündigt hatten wir es ja bereits und die meisten aus deiner Verwandtschaft hatten zugesagt zu kommen. Die Presse wird dabei sein und auch jemand aus der Landesregierung, denke ich.«

»Was ist mit dir?«

»Ich? Nein, ich nicht. Es muss sich ja jemand um die Planung kümmern.« Es war eindeutig, dass sie log. Außerdem wusste er von Daniel, dass Marleen ausdrücklich eingeladen war.

»Weiß das auch mein Bruder?«

»Natürlich.«

»Dann würde es ihn nicht überraschen, wenn ich ihn fragen würde, ob du mit mir hingehst?«

»Was?«, erschrocken sah sie ihn an. »Ich werde weder mit dir noch mit einem anderen Mann teilnehmen. Vielleicht habe ich da ja auch schon etwas vor.« Trotzig reckte sie das Kinn nach oben.

»Gerade eben meintest du aber, dass du nicht teilnehmen kannst, weil jemand die Veranstaltung überwachen muss. Was denn nun?«

Marleen lief erneut rot an, suchte augenscheinlich nach einer plausiblen Erklärung, die es natürlich nicht gab.

»Lass nur, du darfst das meinem Bruder persönlich erklären. Ich halte mich da raus, sage dir aber, dass er sehr enttäuscht sein wird.«

Diesen kleinen Seitenhieb auf ihren sonst so ausgeprägten Einsatz für die Burg, den sie ihm ja absprach, konnte er sich nicht verkneifen.

22

~*~

Polternd flog die Tür ins Schloss.

Marleens Handtasche landete in der Ecke und sie stampfte wütend zum Schreibtisch.

Dieser eingebildete Lackaffe schlug sie mit den eigenen Waffen. So war das nicht geplant gewesen! Konnte sie nicht standhafter sein oder wenigstens besser schauspielern?

Als es ein paar Minuten später klopfte, hatte sie Angst, dass schon wieder Dominik etwas von ihr wollte, doch es war nur Nadja.

»Was gibt es denn?«, fragte sie eine Spur zu bissig.

Nadja zuckte kurz zurück, fing sich aber wieder und unterließ auch jeden weiteren Kommentar.

»Also es gibt da was, was du vielleicht sehen solltest. Eine Freundin hat mir das heute zugemailt.«

Damit kam Nadja an ihren Schreibtisch und zeigte ihr den Ausdruck einer Zeitschrift, und Marleen traute ihren Augen kaum.

Da war sie mit Dominik zu sehen, am Abend, als sie aus der Destillerie kamen und herumalberten und am nächsten Morgen, als sie im Restaurant noch einen Kaffee zusammen tranken. Er legte seine Hand auf die ihre und sie lächelte ihn an.

Wann zum Teufel hatte man sie denn fotografiert?

Die Bildunterschrift lautete:

Wird Dominik von Steinthal endlich sesshaft und seinem Erbe gerecht? Ist das vielleicht endlich die Frau, die sein Herz erobern und ihn zurückbringen kann?

Es folgte ein kleiner Bericht über die Baumaßnahmen, der weit größere Abschnitt befasste sich allerdings mit seinem bisher sehr turbulenten Privatleben.

»Wann ist die Zeitung erschienen?«

»Heute Morgen.«

»Na super, dann liegt die heute garantiert auch bei Marianne und Erika und alle im Ort werden es lesen «, stöhnte Marleen, schnappte sich das Blatt und marschierte in Dominiks Büro.

Sie knallte ihm die beiden Zettel auf den Schreibtisch und blieb mit verschränkten Armen vor ihm stehen.

Er warf einen kurzen Blick darauf und überflog den Artikel, dann zuckte er mit den Schultern.

»Was? Mehr hast du dazu nicht zu sagen? Was machen wir denn jetzt?«

»Gar nichts«, erwiderte er ruhig.

Marleen schnaubte, was ihn endlich aufschauen ließ.

»Das ist ein Klatschblatt, ignoriere es einfach. Der wichtigere Artikel war heute hier drin«, damit zeigte er ihr einen Bericht in einer der größten regionalen Zeitungen, die ausführlich über die Baumaßnahmen berichteten.

»Was wird denn dein Bruder dazu sagen und die anderen?«

»Gar nichts wird er sagen. Er kennt diese Art Journalismus und ignoriert es ebenfalls. Die Leute hier wissen auch damit umzugehen, die sind es gewohnt. Das wird immer mal wieder passieren. Sieh es doch positiv, unseren Kuss haben sie nicht fotografiert.«

Dominik grinste sie an. »Dabei wäre der echt sehenswert gewesen. Hätte man sich rahmen lassen können.«

»Du bist so ein … ein … ach leck mich doch!«, bluffte sie ihn an, drehte sich um, um zu gehen.

Was sollte sie denn jetzt tun? Wie sollte sie reagieren, wenn sie jemand drauf ansprach. Alles abstreiten?

»Marleen, warte mal!«, rief Dominik ihr nach, als sie beinahe zur Tür hinaus war.

Er stand auf und kam auf sie zu.

»Jetzt komm mal runter, okay. Das ist nur ein Klatschblatt und wer dem Geschreibe glaubt, der glaubt auch, dass die Welt eine Scheibe ist.«

Sie nickte widerwillig.

»Wenn dich jemand drauf anspricht, dann sagst du einfach, dass die Bilder aus dem Kontext herausgerissen waren und zwischen uns gar nichts ist. Es sei denn, du willst, dass da etwas ist … dann könnten wir natürlich auch alles bestätigen.«

Er strich vorsichtig mit seinen Händen an ihren Oberarmen entlang. Eine Geste, die sie beruhigen sollte, jedoch das Gegenteil bewirkte.

»Davon träumst du wohl. Dein Bruder wird dich in der Luft zerreißen, wenn er die Bilder sieht. Hab ich recht? Ich wette, du solltest deine Finger von mir lassen … wenn ich überlege, wie es mit den anderen Assistentinnen lief … «

Nun war es an ihr siegessicher zu grinsen, denn seine Mimik sprach Bände. Sie hatte genau ins

Schwarze getroffen und so entspannt, wie er tat, war Dominik lange nicht.

»Ich kann tun und lassen, was ich will und mit wem ich will«, brummte er und ließ sie stehen.

»Ja und das tust du ja auch. Dumm nur, dass es bei mir nicht funktioniert, oder? Wären die Fotos nicht, könntest du deinem Bruder ohne schlechtes Gewissen erzählen, dass zwischen uns nichts war. Ach warte mal, zwischen uns war ja auch wirklich nichts. Blöd, dass die Bilder dir trotzdem Ärger einbringen werden, denn du solltest dich ja von mir fernhalten.«

Damit drehte sie sich um und verließ nun endgültig das Büro. Sie kam sich vor wie ein pubertierender Teenager. Endlich konnte sie ihm den ganzen aufgestauten Ärger an den Kopf werfen, schließlich wusste sie noch immer nicht, was sie von ihm und seinen Äußerungen wirklich zu halten hatte. Außerdem machte es einen riesigen Spaß ihn zu ärgern. Da waren die Fotos beinahe vergessen.

»Was sagen wir denn jetzt?«, wollte Nadja wissen, als sie an deren Schreibtisch vorbei in ihr Büro gehen wollte.

»Na die Wahrheit. Dass an den Fotos nichts dran ist und sie völlig aus dem Kontext gerissen sind«, wiederholte Marleen Dominiks Worte.

»Hm«, machte Nadja und lächelte sie frech an. »Ich finde ja schon, dass ihr ein schönes Paar abgeben würdet.«

Der wütende Blick, den Marleen ihr zuwarf, störte sie anscheinend nicht. Sie grinste bis über beide Ohren.

»Keine Sorge, von mir erfährt niemand etwas«, meinte sie lapidar und widmete sich dann wieder ihrem Computer.

Marleen konnte sich gerade noch so verkneifen nachzufragen, was genau Nadja damit meinte, fragte sich allerdings, was sie und der Rest auf der Burg so mitbekommen hatten.

Großer Gott, wie peinlich!

~~~

Marleen hatte natürlich absolut recht und es ärgerte ihn tierisch, dass sie ihn durchschaut hatte.

Dieser blöde Artikel machte ihm einen gewaltigen Strich durch die Rechnung und Marleen hatte sich noch immer nicht überzeugen lassen, dass alles ein riesiger Irrtum gewesen war. Zwar war er sich sicher, dass sie mehr für ihn empfand, es half ihm nur nichts.

Außerdem würde natürlich Daniel nur das sehen, was auch der Leser dieses Schmierblattes lesen wird.

Die Gesichter im Ort konnte er sich jetzt bereits vorstellen und die waren noch das kleinere Übel.

Er griff nach seinem Handy und versuchte Daniel zu erreichen, doch der saß sicher mittlerweile im Auto und war auf dem Weg zurück. Vielleicht hatte er diese Bilder ja auch noch gar nicht gesehen? Es war trotz allem nur eine Frage der Zeit, bis ihn jemand drauf aufmerksam machte und dann wäre jede Erklärung seinerseits vergebens.

Also wollte Dominik wenigstens derjenige sein, der ihm die Botschaft überbrachte. So hoffte er die ganze Sache erklären zu können, bevor sein Bruder sich eine Vorverurteilung bereitlegen konnte. Vielleicht half es ja und er würde ihn nicht von der Burg jagen. Nur, was sollte er sagen? Dass er Marleen wollte, nicht als schnelles Abenteuer, sondern an seiner Seite? Dass er Mist gebaut hatte und seinen Fehler einsah? Dass er mehr für ihn und die Burg dasein wollte? Wie sollte er ihm den Sinneswandel erklären, wenn er selbst nicht wusste, woher das kam?

Lag es am Alter? Ende des Jahres würde er 33 werden? Für eine Midlife-Krise etwas zu jung, fand er. Das Ganze nur auf Marleen zu schieben, war allerdings auch zu einfach.

Sein Bruder würde nicht nur sauer sein, er würde ihn den Rest seines Lebens damit aufziehen.

War das gerade sein Karma, welches mit aller Härte zuschlug und ihn für die vergangenen Jahre bestrafte?

Doch es half erstmal nichts, er musste zurück an den Schreibtisch und heute Nachmittag stand ein Meeting in der Firma an. Er hatte also noch etwas mehr als eine Stunde hier auf der Burg, dann müsste er aufbrechen. Sollte Daniel bis dahin wieder zurück sein, könnten sie reden. Ansonsten musste das leider bis morgen warten.

Noch einmal versuchte er ihn übers Handy zu erreichen, unterdrückte dann aber die Leitung. Ein Gespräch am Telefon, während sein Bruder am Steuer seines Wagens saß, war sicher nicht die beste Idee. Er würde es am Abend noch einmal versuchen, vielleicht hatte Dominik dann mehr Glück.

Er musste also darauf vertrauen, dass Marleen ihm nicht die komplette Schuld in die Schuhe schob, denn zum Kuss gehören bekanntlich zwei. Ob sie es Daniel überhaupt sagen würde? Oder beherzigte sie seinen Rat und würde es dementieren, sich herausreden? Die Frage war, ob Daniel ihr das abkaufen würde. Sein Bruder war ja nicht blöd und durch Dominiks Verhalten in der Vergangenheit sicher auf der Hut. Die ganze Sache war inzwischen total verfahren.

Erst spät am Abend konnte Dominik wieder auf sein Handy schauen, natürlich hatte sein Bruder mehrmals versucht ihn zu erreichen. Das Meeting dauerte wesentlich länger als gedacht und anscheinend war in seiner Abwesenheit doch einiges liegengeblieben, obwohl er sogar von der Burg aus gearbeitet hatte. So einfach war der Spagat also nicht und inzwischen verstand er, was Daniel wirklich leistete. Er war als Gastprofessor immer mal an einer anderen Uni und gab Vorlesungen, teilweise sogar ganze Semester lang. Nebenher kümmerte er sich um die Burg. Kein Wunder, dass er ohne eine fähige Assistentin aufgeschmissen und folglich nicht begeistert war, wenn sein kleiner Bruder alles durcheinanderbrachte.

Auch Dominik war viel unterwegs und der Aufbau der Firma war kein Kinderspiel gewesen. Jahrelang hatte er kämpfen müssen, um sich durchzusetzen und um da zu stehen, wo er heute war. Doch so wie Daniel ein Händchen für Geschichte hatte, konnte er mit Zahlen jonglieren und hatte in den letzten Jahren so einigen anderen Firmen mit seiner Unternehmensberatung zum Erfolg verholfen. Vielleicht sollte er sein Wissen mal in die Burg investieren. Gemeinsam mit Daniels Ideen wären sie unschlagbar, da war er sich sicher. Nur müsste sein Bruder das auch mal einsehen.

Wenn dann auch noch Marleen an seiner Seite wäre … doch soweit wollte er auch jetzt noch nicht denken.

Dominik beschloss wirklich erst morgen mit Daniel zu sprechen, für heute hatte er genug. Er schrieb ihm also eine Nachricht, dass er morgen früh bei ihm zu Hause vorbeikommen würde, stellte das Handy dann aber aus und legte es weg.

Wie geplant stand er nach einer miesen Nacht, in der er kaum Schlaf gefunden hatte, Punkt acht Uhr vor Daniels Tür, vorsorglich mit Kaffee und frischen Brötchen bewaffnet. Ob er lieber auch noch seine Ritterrüstung angezogen hätte?

Doch Daniel öffnete ihm mit einem breiten Lächeln, allerdings noch im Bademantel, was Dominik stutzen ließ. Normalerweise war sein Bruder um diese Zeit bereits fertig angezogen fürs Büro. Vielleicht nahm er sich nach den Tagen an der Uni auch einfach mal frei, gönnen würde er es ihm ja. Es passte nur nicht zu ihm.

»Guten Morgen«, grüßte er. »Ich hoffe, es stört nicht, dass ich noch nicht fertig bin. Wenn du kurz wartest, ziehe ich mir nur schnell etwas über.«

»Nein, mach nur«, erwiderte Dominik vorsichtig, trat dann aber ein und schloss die Tür hinter sich.

Er ging durch in die Küche, um die Brötchentüte abzulegen, als er Marleens Mantel an der Garderobe hängen sah.

War sie hier? Hatte sie hier geschlafen? Hatte sie mit ihm geschlafen? Was hatte das zu bedeuten?

Chaos machte sich in seinem Kopf breit und er musste sich zusammenreißen, um nicht durch die Räume zu laufen und sie zu suchen.

Vielleicht war ja auch alles ganz harmlos. Vielleicht war gar nichts passiert. Außerdem wusste Daniel doch, dass er vorbeikommen wollte. Wenn die beiden wirklich ...

»Oh! Hallo Dominik!«, grüßte Marleen ihn und unterbrach das Gedankenrad. Auch sie trug nur einen Bademantel, ihre Haare waren zerzaust. »Sehr gut, du hast an Kaffee gedacht.« Damit griff sie sich einfach einen der Becher und verschwand wieder. Dominik war viel zu perplex, um überhaupt zu reagieren.

Was ging hier nur vor?

Doch da stand auch schon sein Bruder völlig bekleidet in der Küche und schnappte sich den zweiten Kaffeebecher.

»Sehr gut, Kaffee. Genau das, was ich brauche. Sind da Brötchen drin?«

Dominik nickte einfach nur.

»Prima, ich verhungere und Marleen sicher auch. War eine harte Nacht«, grinste er dümmlich.

Das war dann auch der Moment, bei dem Dominik die Sicherungen durchbrannten und er sich auf seinen Bruder stürzte. Er packte ihn am Kragen und schob ihn in Richtung Küchentresen, drückte ihn dagegen.

Daniel hingegen hatte noch immer dieses blöde Grinsen im Gesicht.

»Blödes Gefühl oder?«

Gerade wollte Dominik ausholen und ihm eine knallen, als die Worte sein Hirn erreichten und er innehielt.

»Was?«

23

~*~

Marleen stand direkt hinter der Tür in Daniels Schlafzimmer, hatte den Bademantel aber abgelegt. Schließlich war sie darunter völlig normal bekleidet. Auch die Haare hatte sie sich wieder gebürstet und zu einem Zopf gebunden.

Von hier aus konnte sie das ganze Schauspiel zwar nicht sehen, aber immerhin durch einen kleinen Spalt bestens hören. Nun musste sie sich aber den Handrücken gegen ihren Mund pressen, um nicht laut loszukreischen. So war das nicht geplant, die Kerle sollten sich doch nicht um sie prügeln. Ob sie dazwischengehen sollte?

Daniel war gestern Nachmittag in ihr Büro gekommen und sie hatte ihm die Fotos aus der Zeitschrift gezeigt. Auch er fand, dass man dem keine große Beachtung schenken sollte, wollte aber natürlich genau wissen, was dahintersteckte.

Da Marleen ihm inzwischen ebenso vertraute wie ihrer Freundin, erzählte sie ihm letztlich die ganze Geschichte und gab ebenfalls zu, dass der Kuss und auch alles andere genauso von ihr gewollt gewesen war, dass sie irgendwie doch mehr für seinen Bruder empfand, als gut war. Sie hatte versucht, so gut es ging, die vergangenen Tage zu schildern, ohne Dominik als Alleinschuldigen dastehen zu lassen.

Auch die Sache mit der Frau erzählte sie ihm und erklärte ebenfalls, dass da tatsächlich nichts passiert war, woher sie das wusste und auch warum sie Dominik noch immer zappeln ließ.

Daniel hörte sich alles in Ruhe an und irgendwann später ersonnen sie beide diesen Plan.

Auch wenn Marleen davon nicht sonderlich begeistert war, stimmte sie zu. Schließlich kannte Daniel seinen Bruder wesentlich besser und wollte ihm so seine Aktionen der letzten Monate und Jahre heimzahlen. Außerdem meinte er, wenn Dominik tatsächlich so dermaßen von einer Frau beeindruckt war, dass er sie nicht nur fürs Bett wollte, sondern wirklich und wahrhaftig auf Sex mit ihr und anderen verzichtete, müsste er dies unterstützen. Er riet

Marleen darauf zu vertrauen, dass sie die Kraft hätte ihn zu verändern und Dominik im Grunde seines Herzen eigentlich ziemlich bodenständig und familiär sei. Nur sagen sollte sie es ihm nicht, das würde sein Ego nicht verkraften.

Solch eine Art Humor hätte sie Daniel gar nicht zugetraut, doch es stand ihm gut und sie mochte es.

Was allerdings dazu führte, dass sie ihm versprechen musste am Sommerball teilzunehmen. Ausreden würde er nicht gelten lassen und so, wie er es sah, würde sie sowieso mit Dominik zusammen auftreten. Völlig egal, was die Verwandtschaft davon halten würde.

Dass die Aktion am nächsten Tag schiefgehen könnte, wollte er gar nicht hören und versprach ihr im Notfall alles geradezubiegen. Sie solle nur zuhören und letztlich ihr Herz entscheiden lassen.

Schließlich hing davon ja auch ein wenig ihre zukünftige gemeinsame Arbeit ab. Eine Assistentin, die aufgrund seines Bruders nicht mehr bei der Sache war und Fehler machte, hatte er wohl oft genug erlebt. Folglich gab es auch keinen anderen Ausweg: Entweder er kündigte ihr oder aber sein Bruder durfte die Burg nie wieder betreten. Da beide Optionen keine Lösung darstellten, blieb nur der Weg in der Mitte.

»Was?«, hörte sie Dominik fragen, doch noch immer schien er Daniel gegen den Tresen zu drücken.

»Lass mich endlich los, du Idiot, und wir können reden.«

Dominik ließ tatsächlich von Daniel ab. Er wich mehrere Schritte zurück, funkelte seinen Bruder aber böse an.

Marleen drückte die Tür, die sie ein wenig mehr geöffnet hatte, um doch etwas sehen zu können, wieder heran, sonst hätte er sie womöglich bemerkt oder sich daran erinnert, dass sie ja auch noch da sein musste.

Sie kam sich plötzlich wie ein Spion vor. Natürlich wollte sie wissen, was Dominik seinem Bruder alles sagen würde, auf der anderen Seite hatte sie Angst, dass er diese Aktion in den falschen Hals bekommen könnte. Noch so ein Missverständnis konnte sie nun wirklich nicht gebrauchen.

Eine Weile hörte sie also zu, bis sie glaubte alles Wesentliche zu wissen, was sie für sich und ihre Entscheidung brauchen könnte. Als die Stimmen der Männer leiser wurden und sie wahrscheinlich auf die Terrasse herausgetreten waren, stahl sie sich leise und tatsächlich erleichtert aus dem Haus.

~~~

»Du hast mich schon verstanden. Und nun lass mich los!«, erwiderte Daniel gelassen und schob ihn einfach weg.

Dass er keine Gegenwehr leistete, war nur dem Chaos in seinem Kopf geschuldet.

»Jetzt schau nicht so und setz dich hin. Ich mache dir noch einen Kaffee, den wirst du brauchen«, grinste sein Bruder nun schon wieder.

Dominik musste sich sehr zusammenreißen, um nicht doch auf ihn loszugehen. Als er dann schließlich auch eine Tasse Kaffee in der Hand hatte, dirigierte Daniel ihn zum Sofa und drückte ihn herunter.

»Okay, fangen wir an. Ja, ich kenne die Bilder und hätte gern eine Erklärung dafür. Hatten wir nicht etwas ausgemacht? Muss ich mir schon wieder jemand Neuen suchen?«

»Nein, anscheinend nicht«, giftete Dominik ihn an. Was soll diese blöde Frage?

»Nun komm mal runter, ja? Und antworte auf meine Frage. Was haben diese Fotos zu bedeuten?«

»Rein gar nichts, sie sind völlig aus dem Zusammenhang gerissen. An dem Abend waren wir in der Destillerie und haben probiert, Marleen war angeheitert und ich habe sie nach Hause gebracht. Das andere Foto muss vor der Baustelleneröffnung gemacht worden sein, da war sie einfach nur nervös und ich wollte sie beruhigen.«

»Ja, das hat mir Marleen auch so erzählt. Jetzt hoffe ich mal, dass es stimmt und ihr euch nicht abgesprochen habt«, sagte Daniel emotionslos. »Ich möchte keine weiteren Fallstricke zwischen

Angestellten der Burg und Familienmitgliedern. Ist das klar? Entweder geht sie oder du, da du aber mein Bruder bist, wird das wohl nicht so einfach.«

Er würde Marleen kündigen? Einfach so?

»Marleen liebt den Job, das kannst du ihr nicht antun. Es war nichts gewesen und es wird nichts sein. Schließlich bist du mir ja zuvorgekommen. Im Übrigen, was ist denn mit Verhältnissen zwischen dir und den Angestellten?«

»Es geht dich nichts an, wie ich meine Burg führe, schließlich hat es dich bisher auch nicht interessiert. Und im Gegensatz zu dir habe ich meine Verhältnisse stets geklärt und es gab nie Probleme.«

»Ach so nennt sich das also?« Dominik sah seinen Bruder herausfordernd an. »Was habt ihr denn geklärt? Dass sie bleiben darf, wenn sie sich von dir flachlegen lässt?«

Daniel schaute ihn entgeistert an, dann begann er zu lachen und schien sich kaum noch beruhigen zu können. Was die Wut in Dominik nochmals anfeuerte.

»Ist das so lustig? Da lerne ich einmal eine Frau kennen, die mir wirklich etwas bedeutet und die ich nicht nur fürs Bett will und die halbe Welt scheint dagegen zu sein und wirft mir Steine in den Weg. Und dann kommst auch noch du und machst mir mit einer saublöden Regelung, die nur für mich gilt, einen Strich durch die Rechnung.«

Daniel sah ihn einfach nur an, bis Dominik bemerkte, dass sein Bruder gar nicht mehr lachte.

»Was ist?«, fragte er wütend.

»Du magst Marleen, oder? Nicht nur ein bisschen, hab ich recht?«

»Ja verflucht und ich weiß nicht, warum das so ist. Seit Amelia hatte ich dieses Gefühl bei keiner Frau. Und nun kommst du und ... «

»Dann hast du aber eine eigenartige Art, es zu zeigen. Mit einer anderen Frau ins Bett zu steigen ist keinesfalls glaubwürdig für deine Aussage.«

»Es ist doch gar nichts passiert«, setzte Dominik an. »Ich weiß, dass Marleen mir nicht glaubt und kann es ihr nicht verdenken, denn die Beweislage spricht gegen mich. Aber ich schwöre, da lief gar nichts. Ich konnte nicht, weil ich nur eine will und das ist Marleen. Was nun auch egal ist, denn sie will ja anscheinend sowieso dich.«

»Stopp mal, okay? Ich habe kein Interesse an Marleen und sie nicht an mir, jedenfalls nicht privat. Ich möchte sie als Assistentin aber nicht verlieren. Was heißt, dass du sie geflissentlich höflich behandeln wirst. Wenn du Scheiße baust, was du ja eigentlich bereits getan hast, drehe ich dir den Hals um.«

Die Worte kamen zwar bei Dominik an, jedoch verweigerte sein Kopf sie zu verstehen. Er starrte Daniel also einfach nur an.

»Ich weiß, dass mit der Frau nichts lief und auch Marleen weiß es. Wieso und warum, muss sie dir selbst erklären. Du hast insofern recht, dass mir sehr viel an ihr liegt, jedoch nur beruflich. Da du dich aber gerade sehr eigenartig verhältst, gehe ich davon aus, dass sie einen Nerv bei dir getroffen und irgendwas ausgelöst hat. Jedenfalls, und das ist das wirklich Erstaunliche, ich glaube dir ebenfalls, was deine Gefühle für sie angeht.«

»Sie weiß es?«, flüsterte Dominik und sah seinen Bruder entsetzt an. »Sie weiß es und hat mich trotzdem in dem Glauben gelassen, dass ich ein Arsch bin?«

Daniel zuckte nur mit den Schultern.

»Ich kann es ihr nicht verdenken«, grinste er dümmlich, stand auf und öffnete die Tür zur Terrasse. Mit dem Kopf bat er Dominik ihm zu folgen, was dieser auch tat. Frische Luft war genau das Richtige, um seine Gedanken irgendwie zu ordnen.

»Moment mal!«, erwiderte Dominik, bei dem nun endlich die Rädchen im Gehirn ihre Arbeit wieder aufgenommen hatten. »Ihr habt das alles nur inszeniert?«

Daniel hingegen nickte einfach und ließ sich auf einem der Sonnenstühle nieder.

»Das, mein lieber Bruder, war die Rache für die letzten vier unfassbar schweren Jahre mit dir und für sämtliche Eskapaden, die du dir so geleistet hast und die ich ausbügeln durfte.«

»Ich glaube es ja nicht. Du ... Du ...!«

»Sei lieber still, sonst überlege ich es mir noch einmal und behalte Marleen für mich.«

Dominik funkelte ihn böse an, Daniel hingegen grinste bis über beide Ohren und ignorierte den Frust seines Bruders.

Nach dem ganzen Desaster und der Erkenntnis, dass er nun vielleicht doch eine Chance bei Marleen hatte, besserte sich Dominiks Laune zusehends, auch wenn er es kaum glauben konnte und sie nicht so einfach davonkommen lassen würde.

Die Brüder beschlossen, die mitgebrachten Brötchen Brötchen sein zu lassen und einfach auswärts zu frühstücken. Danach würden Daniel zur Burg und Dominik in sein Büro fahren, auch wenn dieser viel lieber zu Marleen gefahren wäre.

24

~*~

Als es an ihrer Bürotür klopfte, zuckte Marleen leicht zusammen und ihr Herz schlug sofort ein paar Takte höher. Doch es steckte nur Daniel seinen Kopf hinein und sah sie wissend an.

»Du hattest gehofft einen anderen zu sehen, oder?«

Marleen nickte nur, er hatte sie sowieso durchschaut.

»Dominik musste in die Firma, aber er kommt heute Abend zu dir.«

»War er sehr sauer wegen unserer Scharade?«

»Nein, ich denke nicht. Und wenn, dann muss er auf mich sauer sein, es war ja meine Idee und ich hab es auch noch sehr genossen.«

Daniel hatte sich inzwischen auf einen der Stühle vor ihrem Schreibtisch gesetzt, die Beine ausgestreckt und bequem übereinandergeschlagen. Er sah entspannt aus.

Marleen hingegen war ein nervliches Wrack. Irgendwie war jetzt alles anders, die Lockerheit war verschwunden. Sie rutschte nervös auf ihrem Sessel hin und her.

»Nun mach dir nicht so große Sorgen, das wird sich alles von allein finden. Ich möchte nur, dass du weißt, dass ich dich als Assistentin nicht verlieren will, egal was passiert. Du bist inzwischen unentbehrlich für Steinthal. Außerdem würde mich Nadja umbringen, wenn ich noch mal jemanden anschleppe, der keine Ahnung hat und alles durcheinanderbringt.«

Marleen lachte leise auf und konnte sich immerhin etwas entspannen. Auch das freundschaftliche "Du", welches er nun nutzte, störte sie nicht.

»Ich weiß gar nicht, wie es dazu kommen konnte. Ehrlich, so hatte ich es nicht geplant. Beziehung stand nicht gerade an erster Stelle auf meiner To-Do-Liste.«

»Sowas kann man sich nicht aussuchen, Marleen, genau wie deine Autopanne und auch diesen Job hier.

Wie hat schon John Lennon so treffend gesagt: Leben ist das, was passiert, während du eifrig dabei bist, Pläne zu machen. Ich glaube nicht, dass du auf der To-Do-Liste von Dominik standest, du hast ihn ebenso umgehauen.«

«Ich weiß, ich weiß. Ich bin ja auch nicht undankbar, ich liebe die Burg und den Ort und seine Bewohner, ich fühle mich wohl hier.«

»Na siehst du«, grinste er. »Alles Fügung, sag ich doch. Und eine bessere Schwägerin kann ich mir gar nicht vorstellen.«

»Nun mach mal langsam«, wehrte Marleen ab und lachte gekünstelt auf. Aber nur, um ihren Schreck über seine doch sehr weitreichende Planung zu verstecken. Noch waren sie und Dominik nicht mal ein Paar.

»Ach ich denke, ich kenne meinen Bruder gut genug und weiß, dass er dich nicht gehen lassen wird. Dafür hat er einfach schon zu viel Mühe investiert. Das habe ich das letzte Mal erlebt, als er seine Firma aus dem Boden gestampft hat und diese gibt er auch nicht wieder her.«

Marleen stutzte.

»Aber er stand doch schon mal kurz vor einer Hochzeit. War es da nicht so?«

»Nein, absolut nicht. Amelia war das, was man eine perfekte Verbindung nennen könnte, nur mit mehr Vorteilen für sie als für ihn. Sie sahen gut aus auf den Pressefotos und von seiner Seite war es vielleicht auch Verliebtheit, mehr aber auch nicht. Ich konnte sie nie leiden.«

Marleen kicherte. Solche Aussagen kamen normalerweise von Frauen oder aber den eigenen Müttern.

Auch Daniel grinste, ihm war schon bewusst, wie er sich gerade benahm.

»Nun gut, dann muss auch ich wieder an die Arbeit und schauen, ob meine Burg noch halbwegs steht, nachdem, was ihr hier veranstaltet habt. Dass man euch auch nicht eine Sekunde allein lassen kann«, neckte er sie, stand auf und kam um den Schreibtisch herum, um sie in seine Arme zu ziehen.

»Auch wenn ich meinem Bruder eigentlich ein Verbot erteilt hatte, je wieder eine Assistentin anzufassen, bin ich froh, dass er sich nicht daran gehalten hat.«

Marleen schluckte, wusste aber nichts darauf zu sagen. Doch das musste sie auch gar nicht. Daniel ließ von ihr ab und ging hinüber in sein Büro. Keine Sekunde später tauchte Nadja in der Tür auf und grinste ebenso.

»Ich wollte dir nur sagen, dass ihr Dorfgespräch seid, also du und Dominik. Erika und Marianne planen bereits, was sie euch zur Hochzeit schenken. Sie sind alle der Meinung, dass diese Fotos als Beweis genügen.«

»Na super! Wie kommen die denn da drauf?« jammerte Marleen und ließ sich wieder in ihren Sessel fallen. Den Kopf legte sie auf die Tischplatte. »Wie soll ich denn jetzt im Ort einkaufen gehen?«

»Ach was, die Leute freuen sich doch nur für euch. Sie haben alle seit Jahren gehofft, dass der jüngere Burgherr zur Besinnung kommt und du hast es geschafft. Du bist quasi ihre Heldin. Denen genügen schon die Bilder aus der Zeitung. Ich wette, Marianne hat sie ausgeschnitten und an die Pinnwand im Laden geheftet.«

Marleen sah die Sekretärin, die mittlerweile zu einer Freundin geworden war, böse an. »Das hilft mir nicht gerade weiter.«

Nadja kam zu ihr an den Schreibtisch.

»Ich arbeite schon eine Weile hier, bestimmt über sechs Jahre. Und glaub mir, so wie dich haben sie noch keine der anderen Assistentinnen ins Herz geschlossen. Wenn ich dir sage, dass wir jedes Mal froh waren, wenn eine weg war, ist das nicht, weil ich dir Honig um den Mund schmieren möchte. Du bist ein Segen für Burg Steinthal. Keine Ahnung, es ist, als wenn du schon immer hierher gehört hättest, da gibt es eine Verbindung.«

»Nun hör aber mal auf«, erwiderte Marleen und sah Nadja skeptisch an. »Ihr glaubt doch nicht wirklich an sowas, oder?«

»Du kannst nicht leugnen, dass es nicht allein der reine Zufall war, der dich hergeführt hat. Das ist Bestimmung gewesen.«

Okay, nun reichte es aber. Nadja hatte zu viele Romane gelesen, eindeutig ein Romantik-Overkill.

»Ja genau«, antwortete Marleen und rollte mit den Augen. »Ich bin die gute Fee und erfülle Wünsche ... was auch immer. Dann ist es aber auch deine Bestimmung, mir noch einen Kaffee zu bringen.«

Das meinte sie natürlich nicht ernst, denn auch bei ihr schlich sich nun ein Grinsen ins Gesicht.

»Aber natürlich, Fräulein Marleen von Steinthal«, witzelte Nadja, machte einen gespielt theatralischen Hofknicks, was beide Frauen zum Lachen brachte und holte dann den gewünschten Kaffee.

~~~

Dominiks Plan sah eigentlich so aus, dass er Marleen daheim besuchen wollte. Doch da seine Termine und das Geschäftsessen am Abend gecancelt wurden, nutzte er die Gunst der Stunde und fuhr zur Burg.

Nadja saß noch an ihrem Schreibtisch, doch auch sie müsste bald Feierabend machen können. Er würde sie einfach sofort nach Hause schicken.

»Hallo Nadja, ist sie da drin?«, fragte er und zeigte auf Marleens Bürotür, die erstaunlicherweise mal nicht offen stand.

»Ja, ist sie«, grinste sie.

»Sehr schön. Ist mein Bruder noch da?«

»Nein, der hatte einen Termin. Kann ich was für Sie tun?«

»Ja, in der Tat.« Dominik setzte sein charmantestes Lächeln auf. »Sie können jetzt Feierabend machen.«

Nadja wollte etwas erwidern, ließ es dann aber bleiben. Stattdessen schnappte sie sich noch immer grinsend ihre Handtasche und wünschte ihm einen wunderbaren Abend.

Dominik war es egal, was sie dachte. Schließlich redete wahrscheinlich der halbe Ort über diese Fotos, dann würde er so noch mehr zum Tratschen bekommen.

Er klopfte nicht an, sondern drückte die Türklinke ohne Vorwarnung herunter. Marleen saß hinter ihrem Schreibtisch und sah gar nicht auf.

»Nadja, was machst du denn noch hier? Geh nach Hause«, sagte sie.

»Hm, so viel Oberweite habe ich doch gar nicht«, konterte Dominik und schloss die Tür.

Marleens Kopf ruckte nach oben.

»Dominik, was machst du denn hier? Ich dachte ... Daniel meinte ... also eigentlich«, stammelte sie und das Rot auf ihren Wangen wurde immer intensiver.

Langsam schlenderte er auf sie zu, die Hände locker in den Hosentaschen. Das Sakko hatte er im Wagen gelassen, die Hemdsärmel bis zum Ellenbogen hochgerollt. Er ging um den Schreibtisch herum, drehte ihren Sessel zu sich und stützte sich auf den Armlehnen ab.

Marleen wurde immer nervöser, in schnellem Tempo hob und senkte sich ihr Brustkorb, doch sie sah ihn direkt an. Das triumphierende Grinsen hob er sich allerdings für später auf.

»Du wusstest also, dass ich dich nicht angelogen habe? Und hast mich trotzdem im Glauben gelassen, dass du enttäuscht bist, weil ich eine andere Frau gevögelt hatte?«

»Ähm«, begann sie. »Ja, also irgendwie schon.«

»Und du fandst es total witzig mich zusammen mit meinem Bruder reinzulegen?«

Marleen zog nur eine Grimasse, die nach einem Lächeln aussah, ersparte sich allerdings die Antwort. Noch immer schien sie die Situation einordnen zu wollen, es gelang ihr nur nicht.

»Eigentlich hatte ich dich wirklich anders eingeschätzt«, sagte er betont ernst. »Dass du wie all die anderen bist, hätte ich nicht erwartet. Aber das bestätigt nur meine Theorie, dass man Frauen nicht trauen kann.«

»Was? Was redest du da?« Erschrocken sah sie ihn an.

»Du willst doch nur spielen und ich Trottel dachte, du hättest tatsächlich mehr für mich empfunden. Dann spannst du auch noch meinen Bruder mit ein und lässt ihn glauben, dass du mehr von mir willst. Ich falle drauf rein und breche das Versprechen meinem Bruder gegenüber, die Finger von seiner Assistentin zu lassen. Oder wolltest du nur einen Keil zwischen mich und meinen Bruder treiben? «

»Aber was redest du denn da? Bist du betrunken?«

Wütend schubste sie ihn weg, sodass er ein paar Schritte nach hinten trat und sie aufstehen konnte.

»Du Trottel!«, schimpfte Marleen und funkelte ihn an. »In deinem Wahn, dass alle Frauen so sind wie deine Ex, bekommst du nicht mal mit, wenn eine es ernst meinen würde. Glaubst du im Ernst, dass ich mich habe küssen lassen, damit dein Bruder dir die Freundschaft kündigt?«

»Ich wette, die Fotos in der Zeitschrift hast auch du angeleiert, oder? Wer sollte denn sonst wissen, dass wir am Abend in die Destillerie fahren? Und wie du dich an mich herangemacht hast. So bist du gar nicht, das war alles nur gespielt.«

Marleen klappte die Kinnlade nach unten. Sie unternahm mehrmals den Versuch etwas zu sagen, ließ es dann aber bleiben. Stattdessen ließ sie mit einem Mal die Schultern resigniert hängen. Sämtlicher Kampfgeist schien augenblicklich erloschen. Wo bis gerade eben noch Wut zu sehen war, konnte Dominik nun Trauer erkennen.

»Wenn das so ist«, flüsterte sie. »Dann bringt es auch nichts, dir etwas anderes erklären zu wollen. Du hast ja deine Erklärung bereits gefunden.«

Eine Weile sah er sie an, dann legte sich ein Lächeln auf seine Lippen und er trat zu ihr, hob ihr Kinn zärtlich an.

»Blödes Gefühl oder«, wiederholte er die Worte seines Bruders. »Wenn man etwas gar nicht getan hat, der andere einem aber nicht einmal zuhören möchte.«

Marleens Augen wurden immer größer, während die Erkenntnis durchsickerte, was er gerade gesagt hatte.

»Du ... Du«, suchte sie augenscheinlich nach der richtigen Betitelung, doch er hielt ihr einfach den Mund zu.

»Sag lieber nichts, was dich noch mehr reinreiten könnte.«

Damit gab er ihr einen Kuss auf die Nase, seine Hand beließ er allerdings auf ihrem Mund.

»Ich würde sagen, wir sind quitt und können jetzt vernünftig miteinander umgehen. Du musst nur nicken.«

Marleen funkelte ihn noch immer böse an, doch immerhin stimmte sie ihm zu.

»Fein, fein«, lachte er nun und nahm ganz langsam die Hand weg. Stattdessen zog er ihren Kopf zu sich und noch bevor sie etwas sagen konnte, verschloss er ihren Mund mit seinen Lippen. Es dauerte keine zwei Sekunden und sie gab sich ihm hin, umschlang mit ihren Armen seinen Nacken.

25

~*~

»Und?« Neugierig beugte sich Marianne über den Tresen an der Kasse und lächelte Marleen an.

»Was und?«, stellte diese sich dumm. Natürlich wollte die Inhaberin des Tante-Emma-Ladens die Neuigkeiten zuerst wissen. Zwischen ihr und Erika war ein geheimer Wettbewerb entbrannt, wer die neuesten Entwicklungen auf der Burg als Erste weitertragen konnte.

Doch Marleen dachte gar nicht daran mehr zu erzählen als nötig.

Acht Wochen war es nun her, seit Dominik sie in ihrem Büro mit beinahe derselben List reingelegt hatte, wie sie und sein Bruder es auch bei ihm vorgehabt hatten. Seitdem lief so einiges anders.

Dominik war tatsächlich sehr, sehr oft auf Steinthal und das nicht nur wegen Marleen. Sie sahen sich mehr, als ihr manchmal lieb war. Schließlich hatte sie das ganze letzte Jahr Freiheit genossen. Sich nun wieder an jemandem zu orientieren und ihn mit einzuplanen, war nicht ganz so einfach, trotzdem tat sie es sehr gern.

Nur dieser blöde Sommerball trübte ihre gute Laune. Nächstes Wochenende sollte es soweit sein und sie würde der Meute sprichwörtlich zum Fraß vorgeworfen werden. Ein neues, wunderschönes Ballkleid hing bereits im Schrank und wartete auf seinen Einsatz, den Marleen noch immer am liebsten umgehen würde.

Anfangs hatte sie tatsächlich zu argumentieren versucht, dass ja jemand die ganze Veranstaltung überwachen müsste und nur sie genauestens Bescheid wüsste. Doch weder Daniel noch Dominik ließen dies als Begründung durchgehen. Auch Caro hatte sie für geisteskrank erklärt und war extra mit ihr einkaufen gegangen in der Hoffnung, so wenigstens etwas royalen Feinstaub abzubekommen.

»Ach bitte!«, bettelte nun auch Marianne. »Sie haben doch bestimmt schon ein Kleid, oder? Ich bewundere ja die Frauen, die sich sowas leisten können. Ich habe nicht mal einen Grund so etwas anzuziehen, dabei wüsste ich genau, wie es aussehen sollte.«

Marleen ging gar nicht weiter drauf ein, sondern bezahlte lächelnd ihre Einkäufe.

»Das ist ein streng gehütetes Geheimnis. Niemand darf es wissen, wie bei Prinzessin Dianas Brautkleid«, antwortete sie todernst. »Außerdem soll es auch für den Herrn von Steinthal eine Überraschung sein. Aber ich verrate Ihnen immerhin die Farbe: Es ist hellblau.«

»Oh, wie wundervoll!« Marianne klatschte in die Hände. »Ich behalte es natürlich für mich«, flüsterte sie und sah sich suchend um, als wenn Marleen ihr tatsächlich ein Staatsgeheimnis verraten hätte.

Was die Beziehung von Marleen und Dominik anging, würde keiner im Ort je etwas tun, was zu Unstimmigkeiten führen könnte. Zu sehr freuten sich alle, wieder ein royales Paar bei sich im Ort zu haben und wurden auch nicht müde, dies zu beteuern.

Marleen hatte es aufgegeben, in welcher Weise auch immer zu intervenieren. Inzwischen beherrschte sie das Lächeln auf Kommando in Perfektion.

Was ihren Job anging, hatte sich ja auch nichts verändert, sie wurde weder hofiert, noch bekam sie durch ihre Beziehung zu Dominik irgendwelche Vorteile zugesprochen.

Als sie allerdings ihrem Vater davon erzählte, schien es ihr, als würde er sich um dieses Thema drücken. Marleen schob es darauf, dass es nun einmal für einen Vater komisch sein musste, wenn seine Tochter von ihrer Beziehung und einem anderen Mann in ihrem Leben erzählte. Außerdem war ihr Verhältnis zueinander in den letzten Jahren nicht so intensiv gewesen, allein schon die räumliche Trennung machte es schwer. Zum Abschluss dieses recht eigenwilligen Telefonats meinte er nur, dass sie nun endlich angekommen zu sein schien und sich der Kreis nun schloss. Bevor sie auch nur nachfragen konnte, hatte er aber schon aufgelegt.

Gedankenverloren hatte sie das Medaillon betrachtet und wie so häufig an ihre Oma und die wunderbaren Geschichten gedacht, die sie ihr als Kind immer erzählt hatte. Schon damals kam es Marleen vor, als wenn ihre Großmutter genau wüsste, wovon sie redete. Die Bilder, die sie mit Worten erschuf, waren für Marleen so greifbar, so intensiv. Das konnte sich kein Mensch ausdenken.

Dass sie nun vielleicht selbst einmal ihren Kindern Geschichten aus dem Leben auf einer Burg erzählen könnte, war schon sehr skurril und erschreckte sie irgendwie. War es das, was ihr Vater meinte, als er sagte, dass sich ein Kreis schließen würde?

~~~

Nervös nestelte Dominik an dieser blöden Fliege herum, die er heute tragen musste. Mit dem Smoking konnte er sich ja noch halbwegs anfreunden, aber dieses Ding da um seinen Hals nervte bereits jetzt schon. Seinem Bruder erging es anscheinend ähnlich, doch er pfefferte das Teil einfach auf den kleinen Tisch im Flur.

»Wer zum Teufel hat diese Dinger eigentlich erfunden?«

»Keine Ahnung«, nun tat es Dominik ihm gleich. Dann würden die beiden eben ohne dieses angeblich unabdingbare Accessoire auf dem Ball auftauchen. Keiner würde wagen etwas zu sagen. Wahrscheinlich würde sich ihr Vater freudig anschließen, was Ermahnungen ihrer Mutter zur Folge hätte. Das übliche Prozedere also.

Jedoch war heute etwas anders, denn Dominik würde diesen Ball nicht allein besuchen. Marleen wäre an seiner Seite, wenn auch eher unfreiwillig.

Bis zuletzt wollte sie sich herausreden, doch die beiden Männer hatten ihr keinen Ausweg gelassen.

Natürlich würde es ein Spießrutenlauf werden, doch sie hatten immerhin auch ihre Eltern im

Rücken. Der ältere Graf Steinthal und seine Frau waren von Dominiks Wahl hellauf begeistert, die ganze Geschichte dahinter kannten sie allerdings nicht und würden sie vermutlich auch nie erfahren.

Folglich hatte Marleen schon vier Leute um sich, die sie notfalls retten und verteidigen könnten. Wobei er sich da eigentlich keine Sorgen zu machen brauchte. Marleen bewegte sich sicher auf gesellschaftlicher Ebene, wenngleich sie dem ganzen Adelsgetue genauso skeptisch gegenüberstand wie er und Daniel. Es waren eben alles nur Namen oder Namenszusätze.

Sollte es ihnen zu viel werden, würden sie eben heimlich verschwinden. Das Gerede innerhalb der Verwandtschaft war Dominik schon immer herzlich egal gewesen. Warum sollte er also jetzt anfangen sich zu sorgen?

»Sie müsste gleich da sein, oder?«, fragte Daniel und Dominik nickte.

»Dann lass uns nach unten gehen und da warten.«

Die Brüder hatten sich in der familiären Wohnung auf Burg Steinthal getroffen und sich hier zurechtgemacht. Seine Eltern und die meisten der anderen Gäste waren im Hotel untergebracht. Alles war bestens vorbereitet und organisiert. Was kein Wunder war, denn Marleen hatte dies übernommen. Nichts würde dem Zufall überlassen bleiben, sie hatte genaue Anweisungen gegeben und Dominik war sich sicher, dass sie trotz ihrer privaten Teilnahme am Fest ein Auge auf alles haben würde.

Das Wetter an diesem Sommerabend war einfach perfekt. Die Sonne hatte tagsüber das Gemäuer aufgewärmt und gab diese nun an die Luft ab. Ein kleiner Wind brachte Erfrischung. Überall brannten Fackeln und die Burg war über und über mit Blumen und Fähnchen geschmückt. Ab morgen würde hier buntes Treiben herrschen, die sogenannten Sommersonnenwochen standen bevor und damit ein riesiger Ansturm an Besuchern.

Gaukler, Feuerspucker, historische Stände und sogar ein kleines Karussell würde es geben, Konzerte waren geplant, lange Abende am Lagerfeuer.

Auch Dominiks Idee mit den mittelalterlichen Hochzeiten wurde bereits aufgegriffen, noch waren sie aber in der Planungsphase. Dafür konnte Daniel durch seinen Job an den Universitäten einige wissenschaftliche Berater und auch Hilfskräfte heranholen, die sich bestens damit auskannten und das Team nun unterstützten. Wenn hier auf Steinthal etwas gemacht wurde, dann richtig.

Dominik sah immer wieder auf seine Uhr. Eigentlich sollte Marleen bereits vor zehn Minuten ankommen. Die anderen Gäste erwarteten sie in etwa einer halben Stunde, zwar war also noch Zeit, doch sein Nervenkostüm war bereits jetzt hinüber.

»Nun beruhige dich doch mal, sie wird schon kommen«, riet ihm Daniel, der aber ebenso immer wieder auf die Uhr am Turm schaute.

»Dich hat es mächtig erwischt, oder?«, fügte er an und gab Dominik einen freundschaftlichen Hieb in die Rippen. Dieser hätte seinen Bruder aus reinem Reflex heraus am liebsten zu Boden geworfen, wie sie es schon als Kinder häufig getan hatten. Doch nun gerade musste er sich zusammenreißen. Ganz Unrecht hatte er schließlich nicht.

»Du kennst mich. Nie im Leben hätte ich damit gerechnet eine Frau wie Marleen zu bekommen. Eigentlich sollte ich dir einen Orden verleihen, dass du sie prompt eingestellt hast.«

»Ja, das ist richtig. Nur warst auch du nicht ganz unbeteiligt. Hättest du nicht mit ihrer Vorgängerin geschlafen ... «, erwiderte Daniel, ließ den Satz aber offen.

Die beiden Brüder waren sich sicher, dass Marleen ein Wink des Schicksals war und irgendwer die Fäden zog.

»Dann brauchen wir nun noch für dich die passende Frau«, grinste Dominik, doch Daniel winkte ab.

»Meine Liebe ist die Burg, da wird es jede andere schwer haben.«

Dominik wollte etwas erwidern, als ein schwarzer Wagen des Fuhrparks das Tor passierte und direkt vor den beiden Brüdern anhielt.

»Darüber reden wir noch«, raunte Dominik Daniel zu, der mehr als erleichtert über das Ende der Unterhaltung war.

Der Fahrer stieg aus, grüßte höflich, öffnete die hintere Tür und bot galant seine Hand als Hilfe an. Diese wurde auch ergriffen und Marleen stieg aus.

Dominik hatte keine Ahnung, was in den nächsten Minuten geschah oder was gesprochen wurde. Er war einfach nur fasziniert von ihr.

Sie hatte sich für ein bodenlanges, hellblaues, recht schlichtes Kleid entschieden. Es war trägerlos, oben ein wenig gerafft und hatte an der Seite kleine, silberne Applikationen. Die Haare fielen ihr in seichten Locken über den Rücken, nur eine kleine Spange hielt sie am Hinterkopf zusammen.

»Hallo«, begrüßte Daniel sie, der sich wohl als erster wieder gefangen hatte. »Ich bin sprachlos. Du siehst fantastisch aus und ich freue mich sehr, dass du dabei bist.«

Er gab ihr einen kleinen Kuss auf die Wange und Marleen strahlte ihn an.

»Vielen Dank, aber mir ist so schlecht. Ich hab sowas noch nie mitgemacht, ich weiß gar nichts.«

»Ach was«, winkte Daniel ab. »Du hast uns, vor allem Dominik, wir passen auf. Im Zweifel mach einfach alles nach, was die anderen Damen tun.« Er zwinkerte ihr schelmisch zu.

»Hallo«, löste sich nun auch Dominiks Starre und er brachte endlich ein Wort heraus.

Er trat zu ihr, legte einen Arm an ihre Taille und betrachtete sie begeistert.

»Ist alles okay?«, hakte Marleen nach, der seine Reaktion natürlich ungewöhnlich vorkam. Normalerweise war er nicht so wortkarg.

»Ja, jetzt ist alles bestens. Du siehst umwerfend aus. Das wird viele neidische Blicke geben«, fügte er an und Daniel nickte bestätigend. Den Brüdern schien dieser Gedanke sehr zu gefallen, Marleen hingegen versteifte sich dabei.

»Keine Panik, so war das nicht gemeint. Du kennst doch mittlerweile unsere Verwandtschaft, vor allem die weibliche. Die können nicht anders.«

»Wollen wir? Unsere Eltern warten bereits im Saal auf uns.«

»Ja, ich wollte sowieso noch mal schauen, ob das mit den Blumen ... «, wollte Marleen erklären und bereits loslaufen. Doch Dominik hielt ihr wieder einfach den Mund zu, griff sich ihren Arm, den er sich unterhakte und die Finger miteinander verschränkte.

»Heute Abend bist du Gast. Du wirst dich also zusammenreißen und es gefälligst genießen.«

Daniel stimmte dem zu und gesellte sich auf ihre andere Seite. Zum Saal war es zwar nicht so weit und das letzte Stück war mit einem roten Teppich ausgelegt, doch trotzdem konnte man sich auf dem Kopfsteinpflaster und in den Schuhen, die sie trug, leicht den Hals brechen.

Freudig wurden sie von Graf Steinthal Senior und seiner Frau begrüßt, die Marleen sofort in Beschlag nahm und froh war, endlich die Tochter zu bekommen, die sie immer wollte. Dominik und Daniel rollten nur mit den Augen, konnten sich das Lachen aber auch nicht mehr verkneifen.

26

~*~

»Entschuldigen Sie, könnten Sie wohl dafür sorgen, dass noch mehr dieser Häppchen gereicht werden? Und die Getränke werden auch immer weniger. Sie sind doch hier die Assistentin von Daniel und somit zuständig, oder?«

Marleen drehte sich perplex um, wusste im ersten Moment jedoch nicht, wie sie reagieren sollte. Der Ball war seit Stunden in vollem Gange und die Gäste sehr zufrieden. Immer wieder wurde ihr ein Lob für die wunderbare Organisation und die Dekoration ausgesprochen, Daniel beglückwünscht, eine fähige Assistentin gefunden zu haben und

Dominik anerkennend auf die Schulter geklopft. Worte schien es dafür nicht zu brauchen. Nur die Damen im Saal schossen ab und an giftige Pfeile in Marleens Richtung.

»Was schauen Sie denn so?«

»Ähm, ja natürlich. Ich kümmere mich gleich darum«, stotterte Marleen verlegen, stellte ihr volles Glas einfach beim nächsten vorbeieilenden Kellner auf das Tablett und wollte schon loslaufen, als Dominik hinter sie trat und einen Arm um ihre Taille legte. So wie er es immer tat, so wie sie es mochte.

»Du bist heute Gast, du gehst nirgends hin.«

Die Dame schnaubte abfällig und sah Marleen missgünstig an, wendete sich dann an Dominik.

»Dürfen denn neuerdings alle Angestellten mitfeiern? Unfassbar! Naja, dein Frauengeschmack ließ sowieso schon immer zu wünschen übrig und sehr wählerisch warst du nie, nicht wahr? Aber du wirst schon erkennen, dass Wasser dünner als Blut ist.«

»Dann ist er bei Marleen ja genau richtig«, hörte sie plötzlich den Grafen von der Seite sagen.

Sämtliche Köpfe schossen förmlich zu ihm herum. Keiner verstand, was er meinte. Sollte das ein Kompliment sein?

Doch der Graf hob die Hand und wehrte so alle Fragen ab.

»Das ist eine Sache zwischen Marleen und mir, ich werde es ihr ganz sicher nicht hier vor allen Leuten erklären und vor dir, liebe Ricarda, schon gar nicht. Ich möchte dich aber einfach dran erinnern, dass auch du nur eingeheiratet hast. Ohne deinen Mann wärst du eine einfache Lieschen Müller.«

Damit prostete er der Dame zu, die wutschnaubend abzog.

Neben Marleen gluckste Dominik und stieß sein Glas gegen das seines Vaters.

»Amen«, kommentierte er.

»Naja, also ganz Unrecht hat sie ja nicht. Ich werde mal schauen, was in der Küche los ist.«

»Marleen, du bist heute auch Gast. Das Team um Leo hat alles im Griff. Nur weil Ricarda gerade mal wieder ihre Launen an jemandem auslassen muss, heißt das gar nichts«, beschwichtigte sie auch Daniel, der das Gespräch still verfolgt hatte.

»Außerdem müsste ja ich mich als Burgherr und Gastgeber darum kümmern. Doch heute Abend hat Leopold die Leitung und er macht das sehr gut.«

Marleen nickte zwar, versuchte sich auch an einem Lächeln, aber die Stimmung war hinüber. Sie hatte ja geahnt, dass es keine gute Idee sein würde, Dominik zu begleiten. Hätte sie mal auf ihr Bauchgefühl gehört. Den ganzen Abend schon wurde sie gemustert und hinter ihrem Rücken getuschelt. Warum hatte sie nur zugesagt?

Die Andeutungen des Grafen hatte sie dabei völlig vergessen, Dominik nahm das Thema allerdings wieder auf.

»Was meintest du eigentlich, du müsstest mit Marleen allein sprechen?«

»Ach so, ja«, erinnerte sich nun auch sein Vater. »Bei unserer ersten Begegnung trug Marleen einen Anhänger, der mir keine Ruhe ließ. Ich habe Daniel gebeten ein Foto zu machen und ein bisschen geforscht. Tatsächlich konnte ich auch etwas herausfinden. Aber wollen wir dafür nicht in den Salon gehen?«

Marleen sah ihn skeptisch an. Was sollte er schon herausgefunden haben? Es war ein einfacher Anhänger mit großem Erinnerungswert, mehr sicher nicht. Doch da es dem Grafen wichtig schien, sollte sie vielleicht mitgehen und es sich anhören.

»Marleen?«, fragte Dominik sie leise und nahm ihre Hand. »Wollen wir? Alles in Ordnung?«

»Ja ja, alles gut«, nickte sie und sie machten sich auf den Weg durch den Ballsaal zum Salon. Mit einer Hand umfasste sie ihre Kette, um sicherzugehen, dass ihr nichts geschehen würde.

»Setzt euch doch«, bot der Graf an und schloss die breite Flügeltür hinter sich. Er ging zur Bar hinüber, wo er drei Gläser mit einer braunen Flüssigkeit füllte und sie ihnen reichte.

»Marleen, was wissen Sie von ihrer Familie?«

»Oh je, nicht viel, fürchte ich«, überlegte sie. »Meine Mutter starb, als ich noch ein Kind war, daher bin ich bei meiner Großmutter aufgewachsen. Wir wohnten in der Nähe von Berlin, Rodenburg hieß der Ort. Meine Großeltern hatten einen kleinen Hof, ansonsten arbeiteten sie in der damaligen LPG. Mein Vater war Lehrer, meine Mutter hat in der Verwaltung des Ortes gearbeitet.«

»Du heißt Sommer mit Nachnamen. Deine Großmutter hieß Marlene Maria, oder?«

»Ja«, stammelte Marleen. »Von ihr habe ich meinen Namen. Woher wissen Sie das denn?«

»Marlene Maria Rodenberg, oder? Sie heißen Sommer, weil Ihre Mutter den Namen Ihres Vaters bei der Hochzeit angenommen hat.«

»Ja, natürlich. Was soll das denn alles?«

Doch der Graf ließ sich nicht beirren und sprach ruhig und freundlich weiter.

»Ist Ihnen nie die Ähnlichkeit von Rodenberg und Rodenburg aufgefallen?«

»Doch natürlich«, bejahte Marleen. »Wir haben darüber immer Witze gemacht und phantasiert, dass uns mal der Ort gehört hatte. Aber wieso ist das wichtig?«

»Da in der Nähe gibt es ebenfalls eine Burg, oder? Aber sie ist nur noch eine Ruine.«

Marleen nickte, verstand aber noch immer nicht so ganz.

~~~

Dafür verstand Dominik umso deutlicher, was sein Vater versuchte ihr schonend beizubringen. Bis jetzt hatte er sich am Barwagen angelehnt, doch nun trat er an sie heran, setzte sich auf die Lehne des Sessels, auf dem sie saß.

Sie war nervös, die Finger spielten unentwegt mit dem Glas in ihrer Hand. Ein Tick, den er bei ihr schon des Öfteren gesehen hatte, wenn sie sich unwohl oder unsicher fühlte.

»Das war einmal der Stammsitz der zu Rodenburgs, ein älteres Adelsgeschlecht als unsere Familie es ist. Leider war es nach der Gründung der DDR üblich, dass sämtliche adeligen Besitztümer in staatliche Hand gingen, alle dazugehörigen Unterlagen wurden vernichtet.«

Er wartete, bis er sicher war, dass Marleen soweit verstand und ihm ein Zeichen gab, weiter zu machen.

»Ihre Großmutter war eine zu Rodenburg, denn Ihr Großvater war Reichsgraf Arnold zu Rodenburg. Ihm und seiner Familie gehörten das gesamte Land um diese Burgruine sowie Ländereien etwas weiter weg. Ihre Mutter war somit ebenfalls eine zu Rodenburg, eine Prinzessin, wenn man es genau nimmt. Doch nach dem Krieg mussten Ihre Großeltern wie gesagt alles abgeben, sie entschieden sich auch dazu, den Namen abzulegen und änderten ihn in Rodenberg. Ihre Mutter heiratete dann letztlich Ihren Vater und nahm den Namen Sommer an.«

»Ja klar«, konstatierte Marleen ungläubig. »Sie wollen mir also jetzt was sagen? Dass ich eigentlich eine Prinzessin bin?«

»Genau genommen schon, wenn man vom Stammbaum ausgeht und auch die Eintragungen im Adelsregister sieht. Zum Glück blieben diese im Westen Deutschlands erhalten, denn hier wurde das Adels-Thema sehr ernst genommen. Ich konnte den Stammbaum Ihrer Familie bis ins sechzehnte Jahrhundert zurückverfolgen.«

»Was?«

Marleen wäre beinahe das Glas aus der Hand gefallen, hätte Dominik nicht so geistesgegenwärtig reagiert. »Aber wie ...?«

»Ihr Anhänger hatte mich darauf gebracht, denn es ist ein Familienwappen drauf zu sehen und diese Art konnten sich nur adelige Familien leisten. Ich hab eigentlich nur ins Blaue geraten, denn es hätte ja durchaus sein können, dass ihre Großmutter dieses Medaillon auf einem Flohmarkt gefunden hatte.«

»Das kann doch gar nicht sein ... ich meine, es hat nie jemand etwas gesagt. Sie irren sich sicher.«

»In der DDR war es besser nicht darüber zu reden. Ehemalige Mitglieder des Adels waren nicht sehr gut angesehen. Ihre Großeltern hatten in dem Punkt sicher nur das Ziel, dass es Ihnen gut ginge.

Und durch die Heirat ihrer Mutter und den bürgerlichen Namen konnte man auch nicht ganz so einfach herausfinden, wer Sie sind.«

Marleen nahm erneut das Medaillon in die Hand und betrachtete es ungläubig. Dominik konnte sich nicht mal ansatzweise vorstellen, was es für sie bedeuten musste.

Sie drehte es hin und her, versuchte zu begreifen, was sein Vater sagte.

»Auf der Rückseite ist eine Gravur. Sie sagten, dass Sie nicht herausbekommen konnten, was es heißt. Doch ich denke, dass ihre Großeltern nicht wollten, dass Sie es erfahren.«

Der Graf nahm ihr vorsichtig die Kette ab und drehte den Anhänger, sodass sie mit draufsehen konnte.

»Die Initialen ganz unten gehören dem Goldschmied, der es gefertigt hat. Darunter steht eine Zahl, 1780. Das wird wohl das Jahr gewesen sein, in dem es gefertigt wurde. Die Initialen darüber sind die ihrer Ururgroßeltern väterlicherseits: Graf Friedrich Ernst zu Rodenburg und Gräfin Magdalena Theresia zu Rodenburg. Es war üblich, dass man solche Schmuckstücke zu besonderen Ereignissen verschenkte, also zur Hochzeit oder der Geburt des ersten Sohnes.«

Marleen sagte nun gar nichts mehr, war jedoch ziemlich blass geworden.

Die durchaus intime Szene wurde durch ein leises Klopfen unterbrochen und die Frau des Grafen steckte ihren Kopf zur Tür hinein.

»Entschuldigt, aber du müsstest jetzt deine kleine Ansprache halten«, flüsterte sie, als wenn sie ahnte, was hier vor sich ging. Ihr liebesvolles Lächeln sagte zudem alles.

»Ja, ich komme gleich«, bestätigte der Graf und gab Marleen das Schmuckstück zurück.

»Es tut mir leid, dass ich Sie mit diesen Informationen förmlich überrannt habe, aber es war wichtig, dass Sie es erfahren. Sie sind, wenn Sie so wollen, eine Prinzessin zu Rodenburg und könnten sich sogar als rechtmäßige Erbin ins Adelsregister eintragen lassen.«

Damit verabschiedete er sich auch von Dominik und folgte seiner Frau nach draußen.

Dominik setzte sich nun ihr gegenüber und zog Marleen auf seinen Schoß. Sie war so durcheinander, dass sie es willenlos geschehen ließ.

»Und du hattest wirklich keine Ahnung?«, hakte er nach beinahe zehn minütigem Schweigen nach.

»Nein, rein gar nicht. Sommer ist ja auch nicht gerade ein adelig klingender Name und meine Eltern waren bodenständige, einfache Leute. Meine Großmutter hat nie viel erzählt. Sie meinte nur, es wäre damals nicht einfach gewesen. Doch ich hab das auf die Nachkriegszeit und allgemein ihr Leben geschoben. Jetzt ahne ich, was sie meinte.«

»Verständlich.«

»Ich weiß gar nicht, warum ich nie selbst nachgeforscht habe.«

»Es ist doch auch unwichtig. Wichtig war, dass deine Großmutter für dich da war und du mit dem Anhänger viele schöne Stunden verbindest. Vielleicht war das für sie auch so und sie hat gehofft, dass es bei dir ebenso wäre. Und mit den Geschichten, die sie dir erzählt hat, konnte sie Erinnerungen an ihre Kindheit hervorholen, denke ich.«

»Ja, möglich.«

Plötzlich kam ihm eine Idee.

»Los komm mit!« Er schob sie von seinem Schoß, schnappte sich ihre Hand und zog sie mit sich zu einer der anderen Türen. Unterwegs griff er nach zwei Decken und klemmte sie sich unter den Arm.

»Wo willst du denn hin? Zum Ball geht es doch da lang«, erinnerte ihn Marleen.

»Willst du etwa wieder zu dieser Meute? Also ich nicht. Und ich kenne einen viel besseren Ort.«

Damit griff er noch nach einer Weinflasche und einem Öffner, den er in seiner Anzugtasche verschwinden ließ. Die Gläser drückte er Marleen in die Hand und schob sie vorsichtig weiter.

Marleen hatte Mühe hinterherzukommen, raffte dann aber entschlossen das lange Kleid zusammen, sodass sie besser laufen konnte. Zum Glück kannte auch er noch die vielen verschiedenen Gänge und Abkürzungen und sie waren nach nicht mal fünf Minuten am Ziel, ohne dass jemand etwas mitbekommen hätte.

»Oh mein Gott, ist das schön!«, staunte Marleen und zog die kühle Nachtluft ein. Es war zum Glück nicht zu kalt, trotzdem legte er ihr sein Sakko um die Schultern.

»Das ist der Burgfried, der letzte Rettungsanker, wenn bereits alles verloren schien.«

»Na wie passend«, witzelte Marleen und ließ sich neben ihm auf dem Fußboden nieder. Dominik hatte inzwischen den Wein entkorkt und die Gläser gefüllt.

»Na dann, Prinzessin Marleen«, prostete er ihr zu.

»Ich weiß noch nicht, was ich davon halten soll und ob ich es gut finde. Ich werde in den nächsten Tagen mal mit meinem Vater telefonieren. Vielleicht weiß er ja etwas mehr und dann entscheide ich, was ich damit anfange. Vermutlich gar nichts«, erwiderte Marleen schulterzuckend.

»Meinen Eltern war es anfangs schon wichtig, dass ich eine Frau heirate, die aus unseren Kreisen stammt. Ich glaube, mit meiner Art habe ich dagegen rebelliert und mir oftmals genau das Gegenteil ausgesucht. Direkt nach der Sache mit Amelia war ich sowieso der Meinung, dass keine Frau es ernst meinte und schon gar nicht die Damen aus unseren Kreisen«, erzählte Dominik leise.

Marleen lächelte.

»Naja, jetzt bist du dann wohl doch an eine Prinzessin geraten.«

»Ja, scheint so«, stimmte Dominik zu und zog Marleen zwischen seine Beine, umschlang sie mit den Armen.

»Ein wenig ärgert es mich ja, dass sie doch ihren Willen durchgesetzt bekommen haben.«

»Glaub mir, ich bin alles Mögliche, aber sicher keine Prinzessin. Da kann das meinetwegen in tausend Registern dieser Welt stehen. Aus mir wird nie eine feine Dame werden.«

»Na zum Glück!«, lachte er und gab ihr einen zärtlichen Kuss auf die Stirn.

EPILOG

~*~

Es brauchte noch eine ganze Weile, bis Marleen tatsächlich eingesehen hatte, dass sie, wenn sie es wollte, eine waschechte Prinzessin war. Damit stand sie rangmäßig sogar höher als einige der anderen Damen, die sie auf dem Sommerball so abfällig betrachtet hatten.

Natürlich war ihr der Titel unwichtig, ein komisches Gefühl blieb allerdings trotzdem. Sie sollte eine Prinzessin sein?

Als sie ihren Vater beim letzten Besuch damit konfrontierte, rückte auch er mit weiteren Informationen heraus und erzählte, wie schwierig es damals wirklich war, wenn man in der DDR lebte, aber adliger Abstammung war. Es kam teilweise Mobbing gleich, was ihre Großeltern ertragen mussten und sie waren heilfroh, als ihre Tochter mit der Hochzeit endlich einen völlig anderen Namen tragen konnte. Sie vereinbarten Stillschweigen und von staatlicher Seite durfte sowieso nie darüber geredet werden. Folglich geriet die Familiengeschichte mütterlicherseits ins Vergessen.

Nun wurde Marleen natürlich auch klar, was er mit seiner damaligen Aussage, dass sich ein Kreis schließe, gemeint hatte.

Tatsächlich fühlte sich das Leben auf der Burg wie ein Nachhausekommen für sie an, doch sie hatte es nie wahrhaben wollen. Zwar war ihr nicht nur einmal in den Sinn gekommen, dass Daniel mit seiner fixen Idee der Fügung durchaus richtigliegen könnte, hatte aber auch dies stets als Spinnerei abgetan.

Caro hingegen war davon überzeugt, bei ihr rannte er mit dieser Theorie offene Türen ein. Sie besuchte Marleen so oft sie konnte, durfte ab und an sogar in der Wohnung auf Steinthal schlafen. Dann machten sich die Mädels einen gemütlichen Abend und lästerten über die feinen Damen der Gesellschaft, denen Marleen ja ab sofort auch angehörte.

Dominik und Daniel teilten sich inzwischen immer mehr die Öffentlichkeitsarbeit oder nahmen Termine gemeinsam wahr.

Die Presse war begeistert, nur der Klatsch und die bunten Bilder Seitens Dominik gab es kaum noch, dafür lobende Worte und Freude über die Rückkehr des verlorenen Grafensohnes.

Natürlich fand Dominik diese Darstellung völlig übertrieben, ertrug es aber auf Daniels Rat hin mit stoischer Gelassenheit und einem Lächeln.

Der Ort selbst war von seinem neuen Grafenpaar ebenfalls hellauf begeistert und fieberte einer märchenhaften Hochzeit entgegen, die noch nicht einmal in Planung war. Doch das störte Marianne und Erika herzlich wenig. Jedem, der es hören wollte und auch denjenigen, denen es egal war, wurde von den wunderbaren Ereignissen auf der Burg berichtet.

Marleen und Dominik hatten sich geeinigt, den beiden Frauen "Futter" zu geben und eine "Liebe auf den ersten Blick"-Geschichte erfunden, in der die Prinzessin zögerte und der Prinz sie erobern und überzeugen musste.

Dass es nicht ganz so einfach war, wussten nur sie, Daniel und Nadja. Letztere würde kein Sterbenswörtchen verraten, stattdessen wurde sie nicht müde, die Geschichte in den schillerndsten Farben zu berichten und immer wieder etwas Neues einzuflechten, sehr zu Erikas und Mariannes Freude.

Nun, da Dominik quasi unter der Haube war, würden die beiden Damen ihre ganze Energie daransetzen, Daniel ebenfalls eine passende Frau zu suchen. Sie waren schließlich Profis und hatten doch von Anfang an gewusst, wie es enden würde.

ENDE